KiWi

Paperback

KiWi

824

Über das Buch:
Denise hasst Röcke und tobt am liebsten mit den Jungs herum. Ihr Vater, der sich einen Sohn gewünscht hatte, geht spielerisch auf ihre Bedürfnisse ein, die Mutter jedoch wird zunehmend besorgter. Denn am Ende der Kindheit zeigt sich deutlich, dass im Körper von Denise zwei existieren – ein Mädchen und ein Junge.
Mit der ihr eigenen Sensibilität und ohne jeglichen Voyeurismus erzählt Noëlle Châtelet von einem ungewöhnlichen Leben, von Leiden und Erniedrigungen, aber auch von der Liebe.

»Durch den ausgefeilten, poetischen Stil, die Musikalität der Sprache, die zarten und komischen Bilder wird die Grausamkeit des Dramas gemildert, das tragische Schicksal überhöht.«

Marie Claire

»Durch die Literatur holen wir unsere Schattenzonen ins Licht.«

Noëlle Châtelet

Die Autorin:
Noëlle Châtelet ist Dozentin für Kommunikationswissenschaften in Paris. Sie veröffentlichte Romane, Erzählungen und Essays. 1987 erhielt sie den Prix Goncourt de La Nouvelle, 1996 den Prix Anne de Noailles der Académie Française für »Die Dame in Blau«.

Der Übersetzer:
Uli Wittmann, geb. 1948, übersetzt aus dem Französischen und Englischen, u. a. Werke von Châtelet, Houellebecq, Okri.

Weitere Titel bei K & W:
»Die Dame in Blau«, Roman, 1997; KiWi 531, 1999. »Die Klatschmohnfrau«, Roman, 1999; KiWi 615, 2001. »Das Sonnenblumenmädchen«, Roman, 2000; KiWi 646, 2001. »Die Dame in Blau«, »Die Klatschmohnfrau«, »Das Sonnenblumenmädchen« – Drei Romane in einem Band, KiWi 682, 2002.

Noëlle Châtelet

Mit dem Kopf zuerst

Roman

Aus dem Französischen
von Uli Wittmann

Kiepenheuer & Witsch

1. Auflage 2004

Titel der Originalausgabe: *La tête en bas*

Aus dem Französischen von Uli Wittmann

Umschlaggestaltung: Barbara Thoben, Köln
Umschlagfoto © photonica/Neo Vision
Satz: Kalle Giese, Overath
Druck und Bindearbeiten: Clausen & Bosse, Leck
ISBN 3-462-03387-5

Zur Erinnerung an den,
der mir ein wenig aus seinem Leben erzählt hat,
das so ausgesehen haben könnte.

»Und für den Herrn, was darf es sein?«

Kein Zögern in der Stimme. Keine Verwirrung in dem Blick, der auf Paul ruht.

Die Frage ist eindeutig, entschieden, ohne das übliche Schwanken, ohne die Verlegenheit, die die Augen der Verkäuferinnen hin und her gehen oder gar verzweifelt zucken lässt.

Sie will ganz einfach von dem Herrn wissen, was er haben möchte. Und der ist von dieser einfachen Frage vor den aufgereihten Broten wie betäubt. Mangels Gewohnheit, vor lauter Freude.

»Und für den Herrn, was darf es sein? ...«

Nichts! Nichts anderes, Mademoiselle, als diese banale Floskel!

Für den Herrn darf es das Wort »Herr« sein, in diesem Ton, genau so wie es die junge Frau eben gesagt hat, ganz einfach, und die unerhörte Freude, die er dabei empfindet ...

Dennoch hat Paul ein frisches Brot unter dem Arm, als er den Laden verlässt.

Die Kruste kratzt trotz des dicken Verbands, der seine Brust einschnürt, durch das Hemd hindurch. Und doch strafft Paul den Oberkörper. Heute muss er das. Heute kann er das. Er ist fast vierzig und durch die Gunst einer jungen Verkäuferin ein Mann.

Man sagt, dass sich ein Häftling bei seiner Entlassung aus dem Gefängnis angesichts des Schwindel erregenden Raums, der sich beim Aufspringen des Tors vor ihm auftut, ganz benommen fühlt. Paul ergeht es wie dem Häftling. Ihm schwirrt der Kopf, weil seine Fesseln gelöst sind, weil ihm das Joch, das überflüssige Teil genommen wurde und er von dieser Last befreit ist.

Seine Schultern beugen sich ungewollt. Sie haben die neue Haltung noch nicht gelernt. Sie glauben noch, sie müssten etwas verbergen, etwas verheimlichen. Sie haben schon seit langem die glatte Fläche aus der fernen Jugend vergessen, die flache Brust, bevor der Fremdkörper zu wachsen begann. Das Ungereimte. Die Schultern nicht mehr einzuziehen wird etwas Zeit erfordern, denn die Zeit der Unwürde war lang.

Er strafft den Oberkörper und stellt sich, ohne zu zittern, im Duft des frischen Brots, der sein Gesicht einhüllt, das Messer vor, das ihn mit wohlwollender, sicherer Hand befreit hat. Stellt sich vor, wie es tief ins lebendige Fleisch geschnitten hat, in sein Leben.

Die beiden Brüste müssen abgefallen sein wie zwei überreife Früchte, ohne einen Blutstropfen, fast wie von selbst, ohne einen Riss.

Diesmal hat die Natur geschehen lassen, was sie nicht selbst vollbracht hat. Sie hat sich gefügt.

Die beiden Brüste sind abgefallen, jetzt ist er vollendet. Vollendet, weil ihn das Messer mit einem Schnitt erlöst hat. Das sichere, wohlwollende Messer, das ihn zu sich selbst hat werden lassen.

Bisher war er verstümmelt. Verstümmelt, weil er nicht eins gewesen, weil er zur Teilung gezwungen war.

Paul geht wie befreit. Die überreifen Früchte haben schwer gewogen, sie waren unerwünscht, voll von der Bitterkeit des Zwangs.

Auch die Freude beflügelt ihn, erfüllt ihn mit Erleichterung.

Diese Freude will er heute Abend festlich mit seinem Vater begehen, dem getreuen Begleiter seines Schicksals, und auch mit Max, der die seltsamen Launen dieses Schicksals manchmal mit ihm teilt. Sie bringen Champagner und ihre ganze Unterstützung mit. Sie wollen diese Wiedergeburt miterleben, vor allem sein Vater. Er wird den Verband abnehmen, um den Mann zu sehen, zu dem sein Sohn durch die Kraft des Willens geworden ist.

Eine Sonatine geht ihm nicht aus dem Sinn. Er möchte sie ihnen heute Abend vorspielen.

Angeblich hat er im Halbschlaf, nachdem das Messer den Schnitt vollzogen hat, nach einem Klavier verlangt. Er wollte die Vollendung seines Wesens vertonen.

Er meint gehört zu haben, dass die Krankenschwestern »er« sagten, als sie von ihm sprachen. Die Sonatine ist wohl dem Glück über dieses »er«

entsprungen, das er nach hartem Kampf dem Schicksal abgerungen hat.

Paul geht wie ein Sieger durch die Stadt, trotz des leichten Schwindels.

Keine Verwirrung in den Augen der anderen, nicht mehr der übliche Zweifel. Niemand dreht sich nach ihm um. Er wirkt wahrscheinlich so, als sei er ganz entschieden er selbst.

Der Verband unter dem Hemd zwängt seinen Oberkörper ein, dennoch atmet er leichter, tiefer. Eingehüllt in den Geruch von warmem Brot, genießt Paul den geradlinigen, rechten Weg seines männlichen Daseins ...

Das Klavier. Vorsichtig klappt er den Deckel auf, der mit einer viel sagenden Staubschicht überzogen ist. Seit wann hat er sich nicht mehr vor die verwaisten Tasten gesetzt?

Das gleiche alte Klavier, von seinem Vater immer wieder neu gestimmt, weil er nie daran gezweifelt hat, dass sein Sohn eines Tages ganz natürlich die Bedeutung des Instruments wieder entdecken würde.

Zärtlichkeit dieses Vaters, der gestern Abend darauf bestanden hat, eigenhändig den Verband abzunehmen. Ihm, und nur ihm konnte die Aufgabe zufallen, das Kind zum zweiten Mal auf die Welt zu bringen, nachdem er beim ersten Mal in gewisser Weise versagt hatte. Entzücken des Vaters, als er den Oberkörper seines Sohnes enthüllt. Paul wird gesegnet. In den Arm genommen. Willkommen geheißen. Willkommen in der Ordnung der Dinge.

Max schien über diese profane Champagnertaufe sehr gerührt zu sein, auch wenn er ihr nur halbherzig zustimmte. Natürlich begriff er Paul und hatte nichts unternommen, um ihn von seinem so reiflich überlegten Entschluss abzubringen, aber für ihn hatte das Opfer etwas Gottloses, Frevelhaftes. Max hätte sich gewünscht, dass dieses vom Stempel der absoluten Seltsamkeit gezeichnete Fleisch nie angetastet würde.

Sie tranken so viel Champagner, dass Paul darüber die Melodie der kleinen Sonate vergaß. Dann war es Morgen, und das Geschenk war beim Aufwachen immer noch da: eine glatte, flache Brust wie damals in der Kindheit, wenn auch mit bläulich verfärbten Narben. Max war der Einzige, der Blick und Hände auf Pauls Brüsten hatte ruhen lassen, ehe sie dem Messer zum Opfer fielen.

Keine Frau hatte das je getan, nicht einmal Flore. Flore la Passion. Ein Verbot, so absolut wie diese absolute Seltsamkeit. Ein verfemter Teil seiner selbst, den zu sehen nicht möglich war. Selbst Paul schloss manchmal die Augen, um die Brüste nicht zu sehen. Verbergen, verheimlichen und sich bemühen, in Gegenwart einer Frau, und erst recht einer geliebten Frau, das Unschickliche zu verleugnen.

Paul bläst den Staub weg, der in der Sonne tanzt. Er sitzt mit nacktem Oberkörper in dem blassen Licht. Doch er ist blasser als das Licht. Die Gunst, seine Brust dem beginnenden Tageslicht darzubieten, ist ihm noch nie zuvor vergönnt gewesen. Nie zuvor hat er die naive Freude erlebt, so den Anbruch des Morgens zu begrüßen. Die Blässe ist eine Folge der Bitterkeit all dieser freudlosen Morgen.

Paul, mit nacktem Oberkörper vor dem Klavier, findet ein anderes Ich wieder, das Ich, das er hätte sein können, wenn die Dinge in Ordnung gewesen wären. Findet diesen unbekannten und zugleich vertrauten Anderen wieder, der ihm ebenso unbekannt und vertraut ist wie all die, die vor diesem Klavier auf diesem Schemel gesessen haben, und als Erste von allen ein gewisses kleines Mädchen.

Eine Seltsamkeit, die auf die Unordnung der Dinge zurückgeht ... Paul, vierzig Jahre, blass wie die Sonne, mit dem Oberkörper eines jungen Mannes, fragt sich, ob ihm die Sonatine, die ihn beim Geflüster der Krankenschwestern im Halbschlaf verfolgt hat, nicht von der gequälten Seele eines kleinen Mädchens namens Denise eingegeben worden ist ...

»Denise! Komm von der Mauer herunter, mein Engel, sonst fällst du noch!«

Nein, ich falle nicht ... Man fällt nicht von der Mauer, wenn man ein Engel ist. Engel fallen nicht. Engel fliegen.

Dort oben in den Wolken schlage ich mit den Flügeln. Die Welt ist ganz klein. Auch meine Mutter ist ganz klein.

Und außerdem liegt hinter der Mauer der Bahnhof.

Ich habe meine Holzpantinen gewichst, um oben von der Mauer den Bahnhof zu sehen.

Sitze ich da oben, dann kommt er. Sitze ich mit schlagenden Flügeln und glänzenden Pantinen auf der Mauer, dann kommt er.

Jeden Abend, wenn ich oben auf der Mauer sitze, bin ich ungeduldig. Jeden Abend, oben auf der Mauer, bin ich zugleich auch nicht ungeduldig.

Ich möchte, dass er da ist, und ich möchte es nicht, denn ich weiß nicht, was mir die Augen meines Vaters sagen, wenn er vom Bahnhof kommt und zu mir hinaufblickt.

Den ganzen Tag bereite ich mich darauf vor.

Ich möchte stark sein, wenn mein Vater mich ansieht. Ich übe Seilspringen, klettere die Mauer hoch, bis ich mir die Hände aufreiße.

Ich finde die anderen kleinen Mädchen schlaff, ihre Arme und Schenkel sind nicht so fest und kräftig wie meine. Bei Mädchen kann man im Allgemeinen den Daumen reindrücken. Sie sind wabbelig. Bei mir ist das anders. Ich bin aus Holz, aus hartem Holz.

Vor dem Spiegel in Mamas Schlafzimmer: die Kontrolle. Liebt mein Vater dieses Mädchen? Und ich, liebe ich eigentlich dieses Mädchen mit dem glatten schwarzen Haar und der endlos hohen Stirn? Liebe ich die zur Seite geworfene kühne Strähne, die fast bissige Weigerung, kokett zu sein? Wie soll ich das wissen?

Vor dem Spiegel zu stehen und nicht zu wissen, ob er dieses Mädchen liebt und ob sich dieses Mädchen liebt, ist für mich eine einsame Qual, ein Gift, das meine Wangen aushöhlt.

Bei Tisch spricht mein Vater mit lauter Stimme. Er spricht mit der Mutter die gleiche Sprache wie ich, und doch verstehe ich sie nicht ganz. Wenn die Augen meines Vaters meinem Blick begegnen, kommt es mir vor, als ließe ihn der Gedanke an mich an etwas anderes denken, dann lacht er, ebenfalls mit lauter Stimme, und vergisst mich.

Die Luft, die meinen Vater umweht, ist kühler als anderswo.

Er zwingt mich, mein Ragout aufzuessen.

Wenn die Mutter meines Vaters da ist, hilft sie mir, meinen Teller leer zu essen. Sie lächelt mir zu.

Streicht meine widerspenstige Strähne glatt. Tätschelt mir eine Weile die Stirn. Findet auch sie sie zu hoch? Die Mutter meines Vaters tätschelt mir oft die Stirn, ohne etwas zu sagen.

Wenn ich auf Bäume klettere oder mich in ein Flugzeug verwandle, beobachtet mich meine Mutter sehr lange. Ich spüre, dass in ihren Augen eine stumme Frage liegt.

Als ich mir eines Tages eine Eisenbahn gewünscht habe, hat sie mich gescholten. Sie war zornig. Warum dieser Zorn? Sich eine Eisenbahn zu wünschen ist doch nichts Besonderes. Dann muss ich sie mir eben selbst basteln. Natürlich habe ich auch Puppen in meinem Zimmer, aber das heißt noch lange nicht, dass ich in der Puppenküche für sie koche. Eine Puppe ist kein Spielzeug, das ist jemand, ein Jemand, der nichts sagt und mit allem einverstanden ist, da ich ja alle Entscheidungen treffe. Das einzig Interessante an Puppen ist, dass sie alles mit sich machen lassen.

Meine Babypuppe aus Zelluloid ist der einzige Junge. Ihn mag ich am liebsten. Für ihn tue ich alles. Er thront auf meinem Bett. Bei den Puppenmädchen liegt die Sache anders. Die Porzellanpuppe ist hübsch, das muss ich zugeben. Ich bewundere sie. Ich bewundere sie so sehr, dass ich sie nicht anrühre. Aber die Stoffpuppe bringt mich in Wut. Ich räche mich an ihr für das Gift, das meine Wangen aushöhlt. Ich foltere sie. Ich bestrafe sie dafür, dass sie so schlaff, so mädchenhaft ist. Das muss einfach sein.

Meine Mutter findet, dass ich die Stoffpuppe sehr schlecht behandele, aber man merkt genau, dass sie das nur der Form halber sagt. Auch sie hat eine Vorliebe für den Puppenjungen. Sie zieht ihn mit den Resten der Stoffe an, aus denen sie mir Kleider näht. Ich habe Glück, meine Mutter ist eine ausgezeichnete Schneiderin.

Für die erste Kälte im November hat sie mir aus einem sehr schönen Wollstoff eine dreiviertellange Hose, eine Bluse und eine gleichfarbige Mütze mit zwei Klappen genäht, die genau auf meine Ohren passen.

Wir sind Hand in Hand durchs Dorf geschlendert, um uns zu zeigen. Als mich die Leute sahen, schrien sie fast alle: »Oh, was für ein hübscher kleiner Junge!«

»Das ist kein Junge, das ist ein Mädchen«, erwiderte meine Mutter jedes Mal.

Dann platzten wir beide los und hielten uns fest an der Hand.

»Halt dich gut an der Stange fest!«

Das große Trapez am Turngerüst. Ich habe davon geträumt. Jetzt bin ich dort. Es ist hoch, viel höher als das kleine Schaukelreck. Mein Vater hat jetzt die Stimme, die mir Angst einflößt, auch wenn die Luft, die ihn umweht, nicht mehr so kalt ist.

»Jetzt lass die Hände los!«

Die Hände loslassen. Den Körper nach hinten fallen lassen. In die Leere. Mit dem Kopf zuerst. Sehen, wie der Boden schwankt. Spüren, wie alles umstürzt. Die Hände loslassen. Sie in Flügel verwandeln, in Engelsflügel. Meinem Vater zeigen, dass ich fliegen kann, viel höher als gewöhnliche kleine Mädchen, die zu schlaff sind, um sich von der Erde zu lösen.

Mein Vater sagt nichts mehr. Er legt nur noch die Hand auf meinen muskulösen Schenkel, der jetzt hart ist wie Metall.

Kopfunter erkenne ich das Gesicht meiner Mutter hinter dem Küchenfenster. Sie guckt wie jemand, der sich Fragen stellt. Uns ist klar, dass sie von diesen Turnübungen, zu denen mein Vater mich anhält, nicht gerade begeistert ist, und nur seufzend hat sie mir einen Turnanzug genäht, der dem Wunsch ihres Mannes gemäß funktional und vor allem ohne Kinkerlitzchen zu sein hatte.

Ein Vater und seine Tochter müssen sich manchmal lange beobachten, bis sie sich genau kennen. Jeden Augenblick wachsam sein, um alles richtig einzuschätzen, abzuwägen, das geringste Wort, die kleinste Veränderung der Stimme. Das ist äußerst anstrengend, aber alles in allem stelle ich mich zur Kontrolle lieber vor meinen Vater als vor den Schlafzimmerspiegel.

Liebt er dieses Mädchen, und ich, liebe ich es? Der Spiegel antwortet natürlich nie, aber mein Vater antwortet manchmal. Ein wirksames Mittel gegen das Gift, das mich auffrisst. Ich weiß jetzt immer besser, wann er dieses Mädchen liebt. Und ich glaube, wenn er es am liebsten mag, mag auch ich es am liebsten.

Wie mir scheint, stellt mein Vater allmählich fest, dass ich nicht so schlaff bin wie die anderen Mädchen. Die Luft, die meinen Vater umweht, erwärmt sich am ehesten, wenn er mich über die weiß bereiften Wege im Wald rennen lässt oder wenn er mir bei Anbruch des Winters eiskaltes Brunnenwasser über den Rücken gießt.

Meine Mutter protestiert nicht mehr. Anscheinend fürchtet auch sie sich vor der kalten Luft, die mein Vater vor sich herschiebt. Sie begnügt sich damit, mich abzurubbeln oder mir eine dampfende Schale Malzkaffee oder Suppe hinzustellen, während ich vor Erschöpfung und Freude mit den Zähnen klappere.

Ich habe Glück. Ich hätte einen Vater haben können, der Mädchen mit Haarbändern, geziertem Gehabe und dem ganzen Firlefanz lieber mag. Dann hätte ich mich verstellen, mich zu etwas zwingen müssen. Es muss schrecklich sein, sich zu zwingen, jemand zu sein, der man nicht ist. Ich kann mir nichts Schlimmeres vorstellen. Allein der Gedanke daran könnte mir die Flügel lähmen, mich am Fliegen hindern ... Ich spüre, dass ich gleich falle ... dass ich gleich vom Trapez falle ...

»Komm. Jetzt richte dich wieder auf! Das war genug!«

Ganz benommen setze ich mich auf die Stange, klammere mich mit beiden Händen an die Seile. Mein Vater betrachtet mich stolz, aber zugleich ein wenig erleichtert. Auch er muss wohl meine plötzliche Angst gespürt haben. Meine Mutter dagegen steht in der Küche, die Stirn an die Scheibe gedrückt, auf ihrem Gesicht liegt ein unerklärlicher Ausdruck, den ich noch nie bei ihr gesehen habe. Sie sieht nicht mehr aus wie jemand, der sich Fragen stellt, sondern wie jemand, der eine Antwort gefunden hat, allerdings nicht die gewünschte Antwort.

Ich zittere leicht. Mein Vater hebt mich hoch und schließt mich in die Arme. Ehe er mich wieder auf den Boden stellt, spüre ich eine Weile den Geruch seines Halses. Den Geruch von Tabak und Maispapier.

Aber warum wirkt der Boden so hart und eisig, wenn man aus großer Höhe herabkommt?

Mein Vater und ich gehen auf das Haus zu. Seite an Seite, im gleichen Schritt. Er liebt es, dieses Mädchen. Meine Mutter steht nicht mehr am Küchenfenster. Die Scheibe ist leer, kein Gesicht mehr dahinter.

»Hast du meine Flügel gesehen, hm, hast du sie gesehen?«

»Ja, ja. Ich habe sie gesehen!«

»Weißt du, irgendwann wage ich es.«

»Was willst du irgendwann wagen?«

»Ich wage den Sprung mit ausgebreiteten Flügeln ...«

Mein Vater antwortet nicht. Er denkt nach. Er hat Recht. Zu fliegen wie ein Engel ist keine Kleinigkeit. Wenn ein schwarzer Gedanke die Flügel lähmt, kann man dabei zu Tode kommen.

Das Klavier. Eine richtige Leidenschaft.

Wenn ich anfange, Tonleitern oder Akkorde zu üben, kann ich nicht mehr aufhören. Es ist wie beim Turnen. Die gleichen Klänge, die gleichen Bewegungen. Stundenlang. Ich spüre den Boden nicht mehr unter den Füßen, nicht mehr das Gewicht meiner Hände auf den Tasten. Wenn ich die Augen schließe, gelingt es mir zu schweben.

Meine Mutter hat nichts gegen Tonleitern und Akkorde. Das ist ihr lieber, als wenn ich mich in Hirngespinste verbohre, sagt sie. Sie spricht von Zwangsvorstellungen, fixen Ideen. Und außerdem, ein kleines Mädchen am Klavier, das findet sie normal. Meine Mutter verwendet oft die Worte »normal« oder »nicht normal«.

Ich nehme weiterhin Klavierstunden bei Mademoiselle Mayeur, der Musiklehrerin. Jetzt gehe ich allein hin. Früher hat mich meine Mutter jedes Mal begleitet. Sie freute sich immer, wenn sie anderen Müttern mit kleinen Töchtern begegnete. Manchmal richtete sie es so ein, dass wir zu früh da waren, um dem Mädchen, das vor mir dran war, noch eine Weile beim Unterricht zusehen zu können. Meine Mutter setzte sich dann hinten in den Raum und bewunderte wie im Theater das lange blonde oder braune Haar, das dem Mädchen auf die Hüften fiel, die anmutigen Armbewegungen, das weite Kleid, das ordentlich zu beiden Seiten des Klavierhockers herabhing, und den ganzen Firlefanz. Wenn ich anschließend an der Reihe war, dachte ich nur mit Widerwillen an den Blick meiner Mutter, der auf mir ruhte, und strengte mich wahnsinnig an, damit sie mir zuhörte, anstatt mir zuzusehen.

Um sie zum Zuhören zu bewegen, habe ich meine erste Sonatine erfunden, ohne Notenheft, ohne Mademoiselle Mayeur. Ich erinnere mich noch ganz genau, wie die Sonatine entstanden ist. Meine Mutter war beim Milchmann und ich allein zu Hause. Das Tageslicht wurde immer schwächer und das Bedürfnis immer stärker. Anfangs glaubte ich, es sei der Drang, Pipi zu machen. Aber das war es nicht. Es war ein unbezwingbares Bedürfnis nach Tönen. Nicht nur das Bedürfnis, Töne zu hören, sondern sie hervorzubringen, denn sie waren schon fertig, waren schon in meinem Kopf komponiert. Ich brauchte sie nur noch zu spielen. Und so habe ich sie gespielt.

Meine Finger flogen von Takt zu Takt über die Tasten. Es war, als wüssten sie schon auswendig, was ich hörte. Oder vielleicht war nicht mehr ich, Denise, für die Entscheidung verantwortlich, sondern jemand anders, als spielten wir zu zweit, vierhändig, aber eben nur mit zwei Händen. Das war schön, wunderschön. Ich bin mir ganz sicher, denn als meine Mutter zurückkam, blieb sie mit der

Milchkanne in der Hand im Mantel auf der Türschwelle stehen und hörte mir zu.

An diesem Abend hat man deutlich gemerkt, dass sich meine Mutter aus dem Firlefanz in Wirklichkeit nichts macht. Ich habe ihr gefallen. Sie gab mir eine neue Dose Fett für meine Pantinen. Später spielte ich die Sonatine meinem Vater vor. Ich habe auch ihm gefallen, vielleicht nicht ganz so sehr wie mit meinen akrobatischen Übungen am Trapez oder an den Ringen, aber immerhin.

»Mein Kleines«, sagt mein Vater. Ich bin also »das Kleine« meines Vaters. Ich kann mich nicht daran erinnern, dass er mich je Denise genannt hat. »Denise« heiße ich in der Schule, im Lebensmittelladen, bei Mademoiselle Mayeur.

Meine Mutter hat wohl gemerkt, dass Denise ein Vorname ist, der nicht so richtig zu mir passt. Daher bin ich zu ihrem »Schatz« geworden. Ein Schatz zu sein ist ein Vorrecht. Früher, als ich noch klein war, bin ich auch gern ihr »Engel« gewesen. Denise ist ein weit verbreiteter Vorname. In meiner Klasse gibt es noch eine, eine richtige, mit der man mich nicht verwechseln kann und zu der »Denise« sehr gut passt. Es scheint klar zu sein, dass man, um Denise zu heißen, Zöpfe haben muss und ziemlich dicke Schenkel unter einem kurzen Kleid, und bei jeder Gelegenheit weinen muss, ohne ein Taschentuch zu besitzen.

Ich weine nicht. Das karierte Taschentuch, das mir mein Vater zu meinem achten Geburtstag geschenkt hat, steckt immer in meiner Hosentasche. Um es bei mir zu haben, nicht um es zu benutzen. Ich habe es nicht ein einziges Mal auseinander gefaltet.

Wenn die richtige Denise weint, ist alles nass. Ich begreife nicht, wo so viele Tränen herkommen können. Ich seufze. Bei mir kommen keine Tränen, wenn ich weine. Ich schlucke sie herunter. Genau wie die Hunde. Das Gift lässt mich seufzen, der Schmerz, der meine Wangen aushöhlt.

Meine Mutter hört es nicht gern, dass ich seufze. Sie hätte es lieber, wenn ich richtig weinte und mich kräftig schnäuzte, da ich ja ein Taschentuch habe, und dass dann endlich Schluss damit wäre. Aber warum soll man aufhören zu seufzen, wenn man Schmerzen hat, ohne zu wissen, warum und wo? Diese Schmerzen kann ich nicht erklären, kann ich niemandem erklären.

Die Mutter meiner Mutter hat am vergangenen Sonntag ein Wort benutzt, das ich noch nicht kannte, über das ich mich aber sehr gewundert habe. Sie sprach von »Vorahnung«. Sie sagte, sie habe so eine Vorahnung, dass mein Großvater keinen guten Winter verbringen würde. Ich wollte wissen, was das ist, eine Vorahnung. Der Blick meiner Großmutter verschwamm, als ob ihr Geist in weite Ferne, in große Höhen abschweifte, in die Nähe des Himmels, der Wolken, ehe sie mir erklärte, bei einer Vorahnung spüre man im Voraus, dass bald etwas geschieht.

»Und macht das Angst?« fragte ich nachdrücklich.

»Ja, das macht Angst«, erwiderte sie.

Dann blickte mich die Mutter meiner Mutter ganz fest an, als sei ich diejenige, die ihr plötzlich Angst machte.

Ich frage mich, was es mit dem Gift auf sich hat. Frage mich, ob das nicht vielleicht so etwas wie eine Vorahnung ist ... Vorahnungen können zu einer richtigen Gewohnheit werden. Man kann sie bei allem haben, jederzeit.

Muss man zum Beispiel das, was letzte Woche bei meinem Patenonkel und meiner Patentante geschehen ist, als ich heimlich ins Kinderzimmer hinaufgeschlichen bin, als eine richtige Vorahnung ansehen? Als ich bei Élise, dem kleinen Baby, nachgesehen habe?

Kontrolle. Überprüfen, untersuchen, vergleichen. Sich sagen, ja, die ist genauso. Das ist gleich. Die Spalte, meine ich. Und dann, nein doch nicht. Die ist nicht gleich. Das ist nicht die Gleiche. Die Spalte. Zu sichtbar, Élises Spalte. Meine dagegen, so unscheinbar.

Sich sagen, sich denken, im Voraus spüren, dass meine Spalte so unscheinbar ist, dass ich sie möglicherweise eines Tages vergessen könnte. Angst haben, sich das zu sagen. Angst haben, das im Voraus zu spüren. Angst vor der Vorahnung.

»Hast du Halsschmerzen?«

»Nein. Warum?«

»Ich finde, du hast so eine komische Stimme.«

Meine Mutter stellt die Kaffeekanne auf die weiße Tischdecke. Ein makelloser Sonntag, eine vorbildliche Sonne, weit geöffnete Fenster und dahinter der Garten, in dem alles blüht. Die Natur scheint mustergültig. Ich bin zehn, und meine Mutter hat Recht: Ich habe eine komische Stimme. Als wäre ich heiser.

Es ist nicht die übliche Heiserkeit. Ich habe mich nicht erkältet. Ich habe nicht zu viel auf dem Schulhof geschrien. Es ist ein Schleier auf meiner Stimme, ein unbekannter Schleier, ein unsichtbarer Schal, eine leichte Nebelbank am klaren Himmel, die aufgezogen ist, ohne sich anzukündigen, eine Wolke aus verschwommenem Dunst, die kaum wahrzunehmen ist, mich aber verunsichert und meine Stimme überschnappen lässt.

Ich wende mich meinem Vater zu, der ganz in den Genuss der ersten Züge seines Zigarillos vertieft ist. Hat er zugehört?

Meine Mutter hat sich gesetzt und beobachtet mich. Ich blicke angestrengt nach draußen, als müsse die Erklärung auf dieser Seite zu suchen sein, auf der Seite der mustergültigen Natur.

Es fällt mir nicht schwer, den Blick meiner Mutter zu erraten. Angesichts von etwas Unerwartetem, dem geringsten Zeichen einer Ungereimtheit bei ihrer Tochter ist es seit jeher der gleiche Blick, stumme Augen, die sich Fragen stellen, mir aber die Antwort verschweigen.

»Möchtest du ein Stück Zuckerbrot in meinen Kaffee tunken?«

». . .«

»Möchtest du ein Stück Zuckerbrot in meinen Kaffee tunken?«

Ich zucke zusammen. Ob ich ein Stück Zuckerbrot . . .? Alle Achtung, Mutter. Alle Achtung.

So sind Mütter eben, fähig zu atemberaubender Akrobatik. Fähig, von einem Extrem ins andere zu verfallen, Zuckerbrot statt Peitsche, wenn das Kind fallen, wenn das Kind leiden könnte, denn irgendetwas sagt ihr, dass ihr Kind Denise bald fallen, bald leiden wird.

Ja, gern. Zuckerbrot mag ich gern . . . Ich nicke bejahend, denn ich habe Angst, dass mein Ja, wenn ich es ausspreche, überschnappt, dass es vom Schal des Nebels, von der kaum wahrzunehmenden Wolke erfasst wird, die heraufzieht, ohne sich anzukündigen . . .

Das Zuckerbrot zerschmilzt auf meiner Zunge. Der Kaffeegeschmack erfüllt Mund und Seele. Ich würde am liebsten zu einem der kleinen Kristalle werden, die zwischen meinen Zähnen knirschen.

Nichts anderes mehr sein als ein winziger Zuckersplitter.

Nichts anderes?

Kein zehnjähriges Mädchen, dessen Stimme überschnappt.

Kein Mädchen?

Kein Mädchen sein. Kein-Mädchen-sein.

Drei Worte. Drei Worte reichen, um das Offenkundige an den Tag zu bringen. Es hat zehn Jahre gedauert, bis das Sinn macht und ein Befehl wird, eine Anweisung. Kein Mädchen sein. Dieser makellose Sonntag, an dem meine Stimme überschnappt und sich in einem Dunstschleier verheddert, war erforderlich, damit das Offenkundige auch ein Wunsch wird.

Mein Vater hat sich nicht gerührt. Er scheint sich in den Rauchspiralen zu verlieren, die über ihm aufsteigen. Hat er es gehört? Hat er die Heiserkeit gehört? Hört er mein Schweigen, das aus drei stummen, unwiderruflichen Worten besteht? Die Spiralen werden jetzt zu Kreisen, zu Ringen, die sich auflösen, auseinander ziehen und wie verzaubert immer höher streben.

Wir haben alle drei den Kopf gehoben, wie gebannt von diesen weißen, duftigen Wirbeln, diesen vollkommenen Ringen, die Hieroglyphen gleichen. Ich habe den Boden verlassen. Ich steige auf. Ich geselle mich zu den Kreaturen, die mein Vater in die Luft gemalt hat, mische mich dort unter sie.

Von dort oben kann ich mich selbst kaum erkennen. Ich sehe eine hohe Stirn, kurzes Haar und eine aufsässige Miene. Ich sehe kein zehnjähriges Mädchen. Ich sehe jemanden, das ist alles.

Die Rauchspiralen ziehen sich weiter auseinander. Ich lasse mich wieder hinab. Mein Vater drückt seinen Zigarillo aus.

»Sollen wir zum Turngerüst gehen? Zeig mir doch mal, was du an den Ringen kannst!« sagt er schwungvoll zu mir.

Nach langem Hin und Her, nach ein paar Versagern, scheint sich meine Stimme für eine weiche, tiefere Tonlage entschieden zu haben, die der meines Vaters ein wenig gleicht.

Ich höre mich gern mit meiner neuen Stimme reden. Ich lausche ihr wie einem Versprechen, seit das Offenkundige ein Wunsch geworden ist. Wenn man nicht eine Stimme hat, die so schrill kreischt und plärrt, dass es in den Ohren wehtut, kann man kein Mädchen sein.

Seltsam an dieser Geschichte mit der Stimme ist vor allem, dass es ganz ohne mich passiert ist, ohne mein Zutun. Wenn ich kurzes Haar habe, dann nicht zuletzt, weil ich es so will, aber bei der Stimme wurde ich nicht um meine Meinung gefragt. Natürlich habe ich nicht vor, mich zu beklagen. Natürlich bin ich von dieser Stimme begeistert, aber ich hätte gern vorher davon gewusst, hätte vor allem gern etwas dazu getan, die Entscheidung selbst getroffen. Hätte ich jedoch ohne diese Geschichte gewusst, dass ich kein Mädchen mehr sein will?

Soll ich mit Geneviève darüber sprechen? Ja, mit Geneviève, aber nur mit ihr, in der Pause, wenn sie sich zu mir umdreht, und nur, wenn sie sich umdreht, wie sie es tut, wenn mein Blick so fest auf ihrem Nacken oder auf ihren Schultern ruht, dass sie es spürt, selbst wenn sie vor mir auf ihrer Bank der Mädchenseite den Kopf fleißig über ihr Heft beugt. Dreh dich um, Geneviève, bitte. Bitte, es ist dringend, es kann nicht warten. Und Geneviève hört mich. Sie wendet langsam den Kopf zu mir um, das Kinn, den Mund, die Wange, die Nase, die Stirn und die beiden Augen, die mit mir sprechen. Treffpunkt unter der Glocke? Treffpunkt unter der Glocke.

Auf dem Schulhof spielen die Mädchen Mädchenspiele und die Jungen Jungenspiele. Und unter der Glocke stehen zwei Mädchen, die ganz anders sind und nicht spielen, vereint in der lauen Juniluft, aufrichtig in ihren Worten. Eine Denise, die spricht, eine Geneviève, die zuhört, und dann umgekehrt. Denise sagt, dass sie kein Mädchen, keine Denise mehr sein will. Geneviève sagt, dass sie ein Mädchen, eine Geneviève bleiben will.

Ich glaube, wir haben beide Recht, und Geneviève glaubt das auch. Geneviève ist ein gut geratenes Mädchen. Es ist normal, dass man ein Mädchen bleiben will, wenn man gut geraten ist. Wenn ich Geneviève heißen würde, wäre ich vielleicht auch gut geraten, aber es ist offensichtlich, dass ich eine missratene Denise bin. Geneviève findet nicht, dass ich missraten bin – im Gegenteil: Sie mag mich so, wie ich bin, versteht aber, dass ich keine Denise mehr sein möchte. Die Sache mit der Stimme ist ihr aufgefallen, der tiefere Tonfall. Sie findet das originell.

Die Lehrerin kommt, um das Ende der Pause einzuläuten.

»Und wenn du so tust als ob?«

»Als ob ich was?«

Geneviève hat gerade noch Zeit, mir ins Ohr zu flüstern: »Als ob du ein Junge wärst!«

Das Bimmeln der Glocke lässt das Wort »Junge« vibrieren. Das Wort »Junge« schallt in alle Winde, klingt mir in den Ohren. Das hat mir noch nie jemand gesagt, und diejenige, die es mir sagt, ist ausgerechnet das am besten geratene Mädchen, das ich kenne, mit Augen, die mit meinen Augen sprechen.

Die Glocke hat aufgehört zu bimmeln, außer für mich. Ihr Echo begleitet mich bis in die Klasse, bis an meine Bank in der Mädchenreihe.

Die Jungenreihe ist gleich daneben, durch einen schmalen Gang von uns getrennt. Zwischen der Reihe der Mädchen und der Reihe der Jungen ist nur ein kleiner Abstand, fast nichts. Man braucht nur hinüberzugehen. Ein Schritt genügt, ein winziger Schritt. Das Wort »Junge« klingt mir noch immer in den Ohren. Ich denke an meine Glanzleistungen am Trapez und an den Ringen, an die Drehungen, an die Kerze, an all meine gewagten, gefährlichen Akrobatenstücke, doch diese Kleinigkeit, dieser winzige Schritt von der Reihe der Mädchen zur Reihe der Jungen kommt mir riesengroß vor. Ein richtiger Abgrund. Selbst wenn mein Vater neben mir ist und die Hand auf meinen Schenkel legt, der fest wie ein Flugzeugflügel ist, bin ich nicht sicher, ob ich diesen Abgrund überwinden kann.

Meine Augen rufen. Geneviève! Bitte! Es ist dringend, es kann nicht warten! Aber Geneviève hört mich nicht. Sie hat den langen Vorhang ihres Haars, des Haars eines gut geratenen Mädchens zugezogen. Ich rutsche unruhig hin und her. Hebe die Hand, um den Klassenraum verlassen zu dürfen. Die Lehrerin blickt mich vorwurfsvoll an, lässt mich aber gehen. Der Schulhof ist still und leer, das Gebimmel in meinem Kopf betäubend. Ich sehe die regungslose Glocke, die das Ende der Pause, das Ende von Denise eingeläutet hat, der Schülerin Denise. Ich sehe, wie der Schulhof in zwei Teile geteilt ist: Himmel und Hölle auf der einen Seite, ein improvisierter Fußballplatz auf der anderen, und ich dazwischen, direkt auf der Grenze, ein Bein links und ein Bein rechts von der Trennlinie zwischen Mädchen und Jungen. Geneviève möchte, dass ich beide Beine auf die Fußballerseite setze. Sie findet meinen Wunsch berechtigt, und auch sie, die fest mit beiden Beinen in Himmel und Hölle steht, wünscht es sich. Mich stört nur daran, dass ich so tun muss als ob. Denn ich möchte wirklich auf der Fußballerseite sein. Das Bimmeln lässt nach. Jetzt höre ich wieder den Junihimmel über dem Schulhof und aus der Klasse die monotonen

Stimmen der Mädchen und Jungen, die für das Sommerfest gemeinsam ein Gedicht aufsagen.

Ich gehe mit festerem Schritt zu den Toiletten. Bleibe vor der Doppeltür stehen: ein Schild »Mädchen« auf der einen Tür, ein Schild »Jungen« auf der anderen. Nun geht das schon wieder los ... Soll das etwa immer so bleiben? Das ganze Leben lang? Muss ich mich immer zwischen zwei Türen entscheiden? Diesmal liegt die Entscheidung bei mir, bei mir ganz allein. Ich bin froh, dass mich niemand sieht, dass die anderen ihr Gedicht aufsagen, ohne etwas zu ahnen, bis auf Geneviève vielleicht, die gesehen hat, dass ich nach draußen gegangen bin, und mir nachgeblickt hat, Geneviève, die, weil sie gut geraten ist, anscheinend mehr über mich weiß als ich selbst und schon für mich die Wahl zwischen den beiden Türen getroffen hat. Sie will, dass ich auf der Fußballerseite bin.

Die Klasse hat aufgehört, das Gedicht aufzusagen. Geneviève wendet den Kopf, da bin ich mir sicher. Sie blickt nach draußen auf den Schulhof. Beobachtet mich.

Ich stoße beherzt die Tür mit dem Schild »Jungen« auf.

»Hast du Bauchschmerzen?«

»Nein ...«

Schweigen. Es ist das zweite Mal, dass sie mir diese Frage stellt, und das zweite Mal, dass meine Mutter enttäuscht aussieht. Wie kann man nur enttäuscht darüber sein, dass das eigene Kind keine Bauchschmerzen hat?

Meine Mutter wartet auf etwas. Auf irgendetwas bei mir, von dem ich nichts weiß. Mehr denn je stellt sie sich Fragen über mich. Ich spüre, wie sie auf der Lauer liegt, auf der Jagd ist nach rätselhaften Hinweisen. Sie schleicht um mich herum, mustert mich. Beim geringsten Anzeichen von Müdigkeit stürzt sie sich auf mich, fragt mich aus. Ihre sinnlose Ungeduld geht mir allmählich auf die Nerven, denn ich erwarte nichts von mir und auch nichts von diesem Sommer, er soll nur zu Ende gehen, damit ich Geneviève endlich wieder sehe.

Meinem Vater scheint die Unruhe meiner Mutter ebenfalls auf die Nerven zu gehen. Ich könnte mir vorstellen, dass sie sich meinetwegen streiten, denn mein Vater wartet anscheinend genauso wenig auf etwas wie ich.

Seit ich mit Genevièves Unterstützung die Tür mit dem Schild »Jungen« aufgestoßen habe und auf der Fußballerseite bin, habe ich mehr Selbstvertrauen, bin ich nicht mehr so anfällig für das Gift, das meine Wangen aushöhlt. Kein Mädchen zu sein war schon gut, aber ein Junge zu sein ist zehn Mal besser, auch wenn man jede Sekunde aufpassen muss und es einen restlos in Anspruch nimmt. Zum Beispiel stimmt es nicht, dass Jungen und Mädchen auf die gleiche Weise schlafen, laufen oder sich hinsetzen. Es gibt immer Unterschiede. Auch bei Tisch gibt es Unterschiede. Mein Vater trinkt in großen Schlucken, meine Mutter nippt an ihrer Tasse. Mein Vater schlingt das Essen hinunter, meine Mutter knabbert, die Lippen gespitzt. Ich treibe meine Studien. Merke mir die Unterschiede und strenge mich an. Das ist meine Hausarbeit für die Ferien, für den Sommer auf der Fußballerseite, einen Jungensommer.

Vermutlich weil er einmal ein Junge, vermutlich weil sie einmal ein Mädchen war, lieben mich meine Mutter und mein Vater auf unterschiedliche Weise. Mein Vater sieht mich am liebsten am Turngerüst, meine Mutter am liebsten am Klavier. Er ist stolz auf meine stahlharten Schenkel, sie auf meine Augen mit den langen Wimpern, wenn ich mich über die Noten beuge. Es ist, als liebten sie nicht dieselbe Person. Nur Geneviève liebt mich ganz und gar, am Turngerüst wie am Klavier, wegen meiner Schenkel wie auch meiner Augen.

Während meine Mutter bei mir auf irgendetwas wartet, von dem ich nichts weiß, sehne ich mich in

Wirklichkeit nach Geneviève. Ich kann es nicht erwarten, ihr nach den Ferien meine Hausarbeit zu zeigen. Wer außer ihr kann sie schon korrigieren?

Hinter der Tür mit dem Schild »Jungen« erwartet mich eine schwierige Aufgabe. Ich will mich nicht mehr wie ein Mädchen auf die Kloschüssel setzen, und im Stehen ist es mir so gut wie unmöglich. Oft hasse ich Denise und weine vor Scham, während ich meine Schuhe überschwemme. Mädchen laufen unten aus, das ist widerwärtig. Die Jungen nicht. Ich beneide meinen Vater, den stolzen Bogen seines Urins gegen den Apfelbaum hinten im Garten. Ich träume von dem großen Strahl. Ich träume vom Speer, von einer glorreichen Lanze, die in den Himmel spritzt.

Ich schrecke aus dem Schlaf hoch.

Ich habe auf nichts gewartet, aber irgendetwas geschieht, doch anscheinend nicht das, womit meine Mutter rechnet, denn ich habe keine Bauchschmerzen.

Ich habe auf niemanden gewartet, und doch habe ich etwas gehört. Ein leises Klopfen an die Tür meines Körpers. Ich habe Besuch. Jemand ist heimlich gekommen. Es ist dringend. Ich wage nicht, die Nachttischlampe anzuknipsen.

Es hat sehr leise geklopft, aber ich habe es dennoch gehört. Es ist, als habe etwas meinen nackten Bauch gestreift.

Ich habe die Spalte an der Tür zu meinem Körper, meine kleine Mädchenspalte, schon so lange vergessen, dass sie fast unsichtbar geworden ist, aber ich weiß, dass sie noch immer da ist, wie ein Riss, wie eine Wunde.

Ich tue so, als schliefe ich. Ich darf den heimlichen Boten nicht sehen, dessen Besuch so dringend ist! Nur nicht den Bann brechen!

Der Besucher ist bewaffnet wie ein Ritter und hat Flügel, da bin ich mir ganz sicher. Ihr leises Rascheln neben meinem Bett lässt die laue Spätsommerluft vibrieren. Eigentlich müsste ich Angst haben, aber ich habe keine Angst. Ich lausche nur mit aller Kraft, was er mir zu sagen hat, mir ganz allein.

Ich konzentriere mich so sehr auf die Botschaft, dass ich ihn nicht gleich bemerke, aber jetzt, ja, jetzt spüre ich ihn. Ich spüre den Finger, der sich auf meine kleine Mädchenspalte legt, auf meinen Riss, einen behutsamen, leichten, luftigen Finger, und dann höre ich den Laut, den ich zunächst für ein Pfeifen gehalten habe: »Psst ...« Der leichte Finger auf meinen Mädchenlippen macht »Psst ...«. Das ist alles. Man bittet diese Lippen, diesen irrtümlich geöffneten Mund, zu schweigen, nicht mehr zu reden, nie mehr. Das ist alles. Ich begreife, dass Denise zu ewigem Schweigen verdammt ist. Psst ... Meine Augen lächeln unter den gesenkten Lidern. Das Flügelrascheln entfernt sich. Ich öffne die Augen im Dunkel. Meine Hand gleitet über den Bauch hinab, der noch von der Liebkosung des Himmels bebt. Direkt über den sprachlosen Lippen stoße ich auf etwas Hartes, Hervorstehendes. Mein Bote hat mir ein Geschenk dagelassen. Vor den Toren meines Körpers hat er mir ein Stück von seiner glorreichen Lanze zurückgelassen.

Die Spritzen tun weh. Die Spritzen tun mir weh.

Ich habe es gewusst, sobald der Arzt seine Marderaugen auf mich gerichtet hat. Ich habe es an der Verschwörermiene gemerkt, die meine Mutter und er hatten, während ich mich im Halbdunkel der Praxis auszog. Man sollte jemanden, der es nicht will, nicht zwingen, sich auszuziehen, auch nicht im Halbdunkel. Meine stahlharten Schenkel gefielen dem Arzt nicht und meine glatte Akrobatenbrust, die er verdrießlich mit seinen eisigen Fingern streifte, auch nicht.

Ich kenne den nächtelangen Schmerz einer Mittelohrentzündung, kenne den tagelangen Schmerz eines verstauchten Knöchels. Doch der Schmerz der Spritzen ist schlimmer. Man kann ihn nicht sehen und erst recht kein Pflaster darauf tun. Er ist nirgendwo und überall zugleich, ein bisschen wie das Gift, das meine Wangen aushöhlt, wenn ich verzweifelt vor dem Spiegel stehe und mich frage, ob ich mich mag, jedoch mit dem Unterschied, dass das Gift, das mir die Wangen aushöhlt, von mir kommt, mir selbst gehört, während der Schmerz der Spritzen ... Übrigens erbreche ich diesen Schmerz, stundenlang. Ich erbreche die Marderaugen, das ängstliche Warten meiner Mutter hinter der Tür des Badezimmers, in dem ich mich eingeschlossen habe.

Mein Vater ist traurig, wenn er sieht, wie übel mir ist, wie sehr mich das alles anwidert. Er schreit meine Mutter immer öfter an. Vermutlich hat er begriffen, dass man mich vergiftet, da ich keinen Waldlauf und keine Kerze mehr an den Ringen machen kann, aber vielleicht hat er nicht das Recht, die Spritzen zu verbieten, sonst würde er es tun. Wer kann sie schon verbieten, wenn nicht mein Vater?

Nachts ist der Schmerz der Spritzen noch schlimmer. Ich wage nicht mehr einzuschlafen. Ich habe Angst vor Denise. Dass sie aufwacht. Dass sie sich meinen Schlaf zunutze macht. Sie könnte ohne weiteres ungehorsam sein: nicht mehr schweigen. Die Spritzen sind für Denise – ich bin mir sicher, auch wenn ich es nicht beweisen kann –, sollen Denise helfen, das zu tun, was meine Mutter von ihr erwartet. Geneviève, die gerade aus den Ferien zurückgekommen ist, hat auch nicht den geringsten Zweifel. Was sie betrifft, so ist die Warterei vorbei. In ihrer Familie freuen sich alle darüber, dass sie in diesem Sommer Bauchschmerzen gehabt hat, allen voran ihr Vater, wie es scheint.

Geneviève ist mir noch nie so hübsch erschienen. Gut geratenen Mädchen scheinen Bauchschmerzen ausgezeichnet zu bekommen. Ich habe ihr von dem Besuch erzählt, von dem Boten mit den Flügeln, und wie er sich zwischen Denise und mir entschieden hat. Geneviève beneidet mich um diesen Ritter, der mich heimlich besucht. Sie ist neugierig auf das Geschenk, auf die glorreiche Lanze, auch wenn es nur ein kleiner Stummel ist. Ich zeige ihn ihr eines Tages, versprochen.

Wenn Geneviève bei mir ist, fasse ich neuen Mut. Trotz der Spritzen fürchte ich mich nicht mehr so vor Denise, denn Geneviève hat sich als Erste entschieden: Sie mag mich noch immer am liebsten auf der Fußballerseite, und seit diesem Sommer erst recht. Auch sie will mir etwas Neues zeigen, versprochen, etwas Neues, das mir gefallen wird.

Gemeinsam bereiten wir das große Ereignis vor: den ersten Tag im Gymnasium. Diese Vorbereitungen lenken mich von der Übelkeit, von der Verschwörung ab …

»Kannst du mal kommen, mein Schatz?«

Meine Mutter steht mit einem Kleidungsstück über dem Arm im Türrahmen meines Zimmer und hat diesen Satz ganz arglos gesagt. Ich bin sogleich auf der Hut, denn in diesem Ton fragt sie mich noch immer, ob ich nicht inzwischen doch ein bisschen Bauchschmerzen bekommen habe, so als sei es ihr ein wenig peinlich, mir Woche für Woche die gleiche Frage zu stellen.

»Was soll ich denn tun?«

»Ich möchte, dass du etwas anprobierst …«

Ich folge meiner Mutter in das Dachzimmer, das wir das »Atelier« nennen, da es nur für Näharbeiten benutzt wird. Sie hält mir etwas hin, das ich verständnislos ansehe. Es ist ein Rock. Wie soll ich das verstehen, die Mutter, den Rock, beides zusammen? Ich höre, wie ich mit einer Stimme, die mir fremd vorkommt, sage: »Aber ... der ist doch nicht für mich ...«

Dann höre ich die Antwort, die mich erst recht befremdet: »Doch, doch. Der ist für dich. Fürs Gymnasium. Im Gymnasium sind Röcke Pflicht.«

Das Leben bleibt stehen. Es stolpert über das Wort »Pflicht« ... So ein brutales Wort ist mir noch nie begegnet. Ich wusste nicht, dass es Wörter gibt, die töten können, mörderische Wörter. Und ich kann nicht glauben, dass meine Mutter dieses Wort ausspricht, dass sie ein Kind umbringt, ihr Kind, das sie soeben mit einem Rock in der Hand ganz harmlos »mein Schatz« genannt hat. Die Szene dauert eine Ewigkeit: Meine Mutter hält mir einen Rock hin, und ich nehme ihn nicht. So muss es wohl sein, wenn man stirbt: Alles verlangsamt sich. Das ist normal. Die letzten Sekunden des Lebens sind sehr wichtig. Man muss genug Zeit haben, sie zu erleben, denn es sind ja die letzten. Und plötzlich stellt sich heraus, dass ich im Augenblick des Todes nicht meinetwegen traurig bin. Für mich ist es zu spät, traurig bin ich wegen meiner Mutter. Ich bedauere meine Mutter, die in aller Unschuld ihr eigenes Kind umbringt und es nicht einmal merkt, denn Denise ist ja noch da, steht mit gesenktem Kopf vor ihr. Ich muss es ihr sagen. Muss meiner Mutter sagen, dass sie jemandem, der gerade unter

Flügelrascheln geboren worden ist, das Leben nimmt, das Leben auf der Fußballerseite, auf der Seite der Jungen. Dass sie ein Kind umbringt, geboren durch die Liebkosung des Himmels.

»Mutter! Mutter! Dein Neugeborenes, das ein Ritter mit leichtem Finger zur Welt gebracht hat, ein Ritter, bewaffnet mit dem Geheimnis der Nacht. Mutter! Dein Neugeborenes stirbt, wenn diese ›Pflicht‹ wahr ist ...«

»Mein Kleines! ...«

Meine Mutter drückt mich an sich, nachdem ich ihr wohl in die Arme gesunken bin, streichelt meine zu hohe, mit Angstschweiß bedeckte Stirn.

Zum ersten Mal hat auch sie »mein Kleines« gesagt, wie mein Vater ... Am Abend höre ich keine lauten Stimmen aus dem Schlafzimmer meiner Eltern. Nur, bis spät in die Nacht, das Geflüster einer Unterhaltung, sie streiten nicht.

Ich muss lernen, mich in einem Rock hinzusetzen. Lernen, in einem Rock zu gehen, zu rennen. Mich damit abfinden, dass er mir wie Peitschenhiebe gegen die Beine schlägt, mir an der Haut klebt wie eine Beleidigung.

An jedem Schultag muss ich mich verkleiden, ausstaffieren, kostümiert zur Schule gehen. Geneviève, die alles versteht, versteht, wenn ich sage, dass Mädchenkleider mich entstellen und ich in Mädchenkleidern nicht mehr weiß, wer ich bin. Und was den Namen »Denise« angeht, ist er mir so fremd geworden, dass mich die Lehrer mehrmals aufrufen müssen, ehe ich merke, dass ich damit gemeint bin. Ist Denise nicht die zu ewigem Schweigen verurteilte Andere? Ich halte diesen Zwiespalt nicht mehr aus.

Nur Geneviève ermöglicht mir, diese Qualen zu ertragen, denn nur Geneviève hat gesehen, was mit mir los ist ... Wir haben unser Versprechen gehalten. Geneviève fing an – sie macht immer den Anfang – und knöpfte ihre Bluse auf. Das Neue bei ihr überraschte mich so, dass ich sie mit offenem Mund anstarrte: Im Gegensatz zu den Brüsten meiner Mutter, die mich stören, weil sie sehr groß sind, haben mich Genevièves Brüste zu Tränen gerührt. Sie sehen aus wie eine Landschaft. Sie erinnerten mich an die goldenen Kuppen der Dünen in der Sahara. Ich fragte, ob ich sie anfassen könne. Geneviève hat ja gesagt. Noch nie bin ich so weit gereist.

Anschließend war ich an der Reihe. Ich zögerte, aber ich hatte es ihr ja versprochen. Also zeigte ich ihr das Neue bei mir, über das sie sich sehr wunderte. Sie sah, dass die Sache mit der Lanze stimmte. Auch sie wollte sie anfassen. Das ist normal. Ich habe ja gesagt. Auch sie hatte Tränen in den Augen. Außer Geneviève weiß also niemand, dass unter dem trügerischen Rock ein Junge heranwächst, und wenn sie mir langsam den Kopf zuwendet, das Kinn, den Mund, die Wange, die Nase, die Stirn und die beiden Augen, die mit mir sprechen, weiß nur ich, dass sie einen Jungen ansieht, der sich unter die Mädchen verirrt hat ...

Seit Geneviève das Neue bei mir gesehen hat, nennt sie mich nie mehr Denise, nicht einmal im Beisein der anderen, selbst wenn sie mich ruft. Im Übrigen braucht sie mich nicht zu rufen, denn ich bin immer in ihrer Nähe. Sie möchte dennoch einen anderen Vornamen für mich finden, den nur sie und ich kennen, denn sie merkt genau, dass auch andere Mädchen in der Klasse mit mir zusammen sein wollen. Geneviève behauptet, dass ich die Mädchen bezaubere, sie anziehe.

Es stimmt allerdings, dass sich manche Mädchen darum streiten, neben mir zu sitzen. Es heißt, dass neben mir mehr Licht ist als anderswo. Dass ich das bewirke. Das ist seltsam, denn angesichts des Zwiespalts und all dem, was mit mir geschieht, fühle ich mich eher düster, außer vielleicht in der Turnstunde. Denn trotz der Spritzen, die immer noch Übelkeit und seltsame Schwächeanfälle bei mir auslösen, bin ich glücklich darüber, endlich wieder meine Shorts und mein Akrobatentrikot anzuziehen. Dann werde ich wieder ich selbst. Ich liebe die plötzliche Stille in der Turnhalle, wenn ich am Knotenseil zum Trapez hinaufklettere oder wenn ich mit meinen altbewährten Flügeln, meinen Engelsflügeln, über das Pferd fliege. Ich liebe all diese erstaunten und zugleich bewundernden Blicke der Mädchen, wenn ich in der Luft meine Figuren ausführe, die mich unbesiegbar machen, bis ich wieder herunterkommen und in den Klassenraum zurückkehren muss, im Rock, um mich von neuem zu verstellen ...

Nach der Schule renne ich vor Scham, als Mädchen gesehen zu werden, schnell nach Hause. Ich habe Angst, dass man mich erkennt, dass mich jemand auf der Straße anhält. Voller Panik flüchte ich in mein Zimmer, als sei ich gerade einer großen Gefahr entkommen. Ich reiße mir den Rock vom Leib und werfe ihn unters Bett, aber eine ganze Weile noch spüre ich auf den Beinen, auf der Haut die Demütigung.

Das Unglaubliche daran ist, dass Geneviève die Schwellung, die kleinen Beulen als Erste bemerkt hat.

Normalerweise interessiere ich mich im Umkleideraum eher für ihre Brüste, ihre Saharadünen, nicht für meine. Aber es lässt sich nicht leugnen: Meine Brüste sind nicht mehr so wie zuvor. Sie sind gewachsen.

Diese Entdeckung ist für uns beide niederschmetternd. Weder sie noch ich hatte mit etwas Neuem dieser Art gerechnet, ich schon gar nicht. Mir wird schwindlig. Ich sitze wie gelähmt auf der Bank im Umkleideraum, völlig benommen wie an dem Tag, als mir meine Mutter den Rock hingehalten hat, den Rock der Scham.

Geneviève setzt sich neben mich. Sie, die auf alles, was mit mir geschieht, normalerweise so einfach, so beruhigend reagiert, sieht besorgt aus. Sie sagt, dass bei ihr alles auf diese Weise angefangen habe, ehe sie ein total gelungenes Mädchen wurde: mit dieser Schwellung, diesen Beulen, auf die sie aber im Gegensatz zu mir schon immer sehnlich gewartet hatte, und sie war sehr stolz auf diese Wandlung, auf ihre Saharadünen. Sie sagt, wenn die Brüste zu wachsen beginnen, höre das normalerweise nicht mehr auf. Sie sagt, dass die Spritzen zwangsläufig etwas damit zu tun hätten und dass in den Spritzen Gift sei. Sie sagt, dass ich, wenn ich ein Junge werde, nicht zugleich ein Mädchen werden könne. Sie sagt, dass ungerecht sei, was mit mir geschehe, da ich ja die Wahl getroffen hätte, ein Junge zu sein. Sie sagt, dass der rätselhafte Ritter, der heimliche Bote die gleiche Wahl getroffen habe, warum sonst habe er mir die Lanze als Geschenk dagelassen? Sie sagt, sie könne es nicht verstehen, warum der Ritter mich nicht mehr besuche. Sie sagt, dass sie das alles überhaupt nicht mehr verstehe.

Aber ich verstehe es. Nur allzu gut. Ich verstehe, dass ich mich mit Recht vor Denise gefürchtet habe, denn plötzlich taucht sie ja mitten am Tag und vor allen anderen im Umkleideraum des Gymnasiums auf. Ich verstehe, dass zwischen Denise und mir der Krieg ausgebrochen ist. Ich verstehe, dass Denise den Rock und vielleicht auch die Spritzen genutzt hat, um Waffen zu schmieden und mich herauszufordern. Ich verstehe, dass ich in großer Gefahr bin, weil der Feind in dem sich anbahnenden Krieg in meinem Inneren lauert. Ich verstehe, dass der Feind schon in meinem Körper ist. Ich verstehe, dass mein Körper mein Todfeind ist ...

Blumen oder Bäume, die sehr schnell wachsen, habe ich schon im Jardin des Plantes gesehen, wohin mich mein Vater manchmal mitnimmt, in den überhitzten feuchten Gewächshäusern, in denen man fast zusehen kann, wie alles wächst.

Mit mir ist es das Gleiche: Ich wachse in alle Richtungen, nach allen Seiten. Es macht mir richtig Angst, dass ich überall wachse. Es ist wie im Dschungel, seit Denise und mein Ritter einander bekämpfen. Wenn meine Brüste mit einem Schlag anschwellen, weiß ich, dass Denise gewinnt, wenn sich meine Lanze verlängert, weiß ich, dass mein Ritter im Vorteil ist.

Die Blumen und Bäume in den Gewächshäusern des Jardin des Plantes wachsen nicht aufs Geratewohl. Es gibt einen Gärtner, der Ordnung in das Wuchern bringt. In meinem eigenen Garten spielt die Natur verrückt, es herrscht wildes Durcheinander, die reinste Anarchie. Kein Gärtner kommt mir zu Hilfe, um Ordnung zu schaffen. Mein Körper ist ein Schlachtfeld. Diese Schlacht wird ohne mich geschlagen, überfordert mich.

Ich bin mir überhaupt nicht sicher, dass mein Ritter, auf den ich meine ganze Hoffung gesetzt habe, den Sieg davonträgt. Nach jedem Angriff schätze ich die Schäden ab. Ich betrachte mich lange im

Badezimmer. Ich verabscheue meine Brüste. Jetzt weigere ich mich sogar, sie Geneviève zu zeigen. Mich beruhigt nur, dass ich keine Bauchschmerzen habe. Geneviève behauptet, das sei ein gutes Zeichen. Ich erhoffe mir viel vom Besuch bei einem anderen Arzt, mit dem meine Mutter auf Drängen meines Vaters einen Termin für mich ausgemacht hat.

Meine Mutter und mein Vater streiten sich nicht mehr. Haben auch sie verstanden, dass in meinem Inneren der Krieg wütet? Auch sie scheinen auf das Ende der Kämpfe zu warten. Keiner von ihnen öffnet die Badezimmertür mit Gewalt, während ich mich untersuche. Mein Vater rennt nicht mehr mit mir durch die Wälder, und wenn ich aus dem Gymnasium nach Hause komme, liegen meine Hose und mein Hemd frisch gebügelt am Fußende meines Betts.

Wir warten. Wir warten alle drei. Jeder errät, wer auf was wartet. Meine Mutter weiß ganz genau, dass sie als Einzige auf Denises Sieg wartet, aber sie ist nicht mehr derart darauf versessen. Ich glaube, sie liebt meinen Vater und mich so sehr, dass sie allmählich an ihrem eigenen Wunsch zweifelt.

Ruhige Momente habe ich nur wenige. Wenn ich mich ans Klavier setze, finden wir wieder etwas Frieden. Meine Sonatine versöhnt alle. Selbst Denise und mein Ritter strecken die Waffen, wenn ich mich ans Klavier setze. Sobald ich die Töne höre, die schon alle in meinem Kopf komponiert sind, und sehe, wie meine Finger über die Tasten fliegen, sorge ich mich nicht mehr darüber, ob ich ein Mädchen oder ein Junge bin. Ich kann von mir aus sogar beides sein, wenn ich meine Sonatine erfinde und vierhändig spiele, Hauptsache, es ist schön. Denn es ist schön. Ich kenne niemand anderes, der mit zwei Händen vierhändig spielt.

Musik zu erfinden bringt Ordnung in meinen Kopf, bringt Ordnung in meinen verwilderten Garten.

Bei einem normalen Krieg gibt es einen Gewinner und einen Verlierer. In meinem Inneren ist das anders. Niemand hat verloren, aber auch niemand gewonnen. Meine Eltern und ich haben umsonst gewartet: Es gibt kein Kriegsende, keinen Waffenstillstand. Ich trage, wie es scheint, meine Feindin für immer in mir. Unmöglich, einen richtigen Sieg zu erringen, und erst recht unmöglich, sie zu töten, es sei denn, ich töte mich selbst mit ihr, denn sie heißt ja Denise, und Denise bin schließlich ich.

Das erfuhren wir von dem neuen Arzt, der ebenso überrascht zu sein schien wie wir und sich mir gegenüber sehr verständnisvoll zeigte: In Zukunft sind die Spritzen nicht mehr nötig.

Auf dem Rückweg sagte niemand ein Wort. Wir waren alle drei in Gedanken vertieft, brauchten dieses Schweigen, um uns zu besinnen.

Erfahren zu müssen, dass ihre Tochter zugleich auch ein Junge ist, dürfte für Eltern nicht so einfach sein und auch nicht für die Tochter, die sich schon seit langem dafür entschieden hat, ein Junge zu sein, nichts anderes als ein Junge – und die über dieses Urteil bestürzt ist.

Die Worte folgten später, beim Abendessen zu Hause. Fröhliche Worte und traurige Worte, weise Worte und verrückte Worte, Worte, die noch keine

Familie vor uns auszusprechen brauchte, beispiellose Worte, ebenso erstaunlich wie ich, das so ungewöhnliche, so eigenartige Kind.

An diesem Abend machten ein Vater und eine Mutter etwas Unvergessliches, das noch keine Eltern vor ihnen gemacht hatten: Sie baten ihr Kind, fürs ganze Leben frei über sein Geschlecht zu entscheiden.

An diesem Abend traf ich, Denise, zwölf Jahre, Mädchen, aber auch Junge, feierlich fürs ganze Leben die Entscheidung, Denise mit Zustimmung der Familie zu opfern.

Ein unvergesslicher Abend, an dem sich meine Mutter wie auch mein Vater ohne Trauer und ohne Tränen damit einverstanden erklärten, dass ich tatsächlich ein Junge bin, und sich für die Unvollkommenheit und Unfertigkeit entschuldigten, die zu vergessen sie mir helfen würden, das versprachen sie im Namen der Liebe, und um mir das zu beweisen, nahm mich mein Vater auf eine Reise »unter Männern« in die Schweiz mit, von der ich wie eine Heldin, nein, wie ein Held zurückkehrte, in einer grauen Flanellhose und einer weinroten Kordjacke, die, wie mir meine Mutter sagte, sehr elegant sei und mir ausgezeichnet stehe, während sie mir zur Begrüßung ganz natürlich einen Kuss auf die Wange drückte, so wie man einen jungen Mann begrüßt, einen Jungen, ihren Jungen.

Die Reise in die Schweiz mit meinem Vater ist für

mich untrennbar mit einem Ereignis verbunden, das am Tag nach der Rückkehr geschah und das ich der Kraft der grauen Flanellhose zuschreibe. Während ich im Stehen über der Kloschüssel verharrte und mich bemühte, meine Schenkel nicht nass zu machen, erlebte ich zum ersten Mal die unglaubliche Überraschung, unten nicht mehr auszulaufen. Ich sah, wie der Urin aus meiner Lanze hervorspritzte. Ich pinkelte so, wie mein Vater an den Apfelbaum hinten im Garten pinkelt, mit einem stolzen Strahl, dessen Schwung ich nur mit Mühe bremsen konnte, während sich meine Augen im beißenden, berauschenden Geruch des Urins vor Freude mit Tränen füllten.

Ich gebe der Lanze richtige Namen: Ich finde Glied besser als Penis, Schwanz besser als kleiner Mann. Alle möglichen Namen, ich stelle Listen auf, unzählige, endlose Listen. Aus Angst, sie könnten mir eines Tages ausgehen oder das Ding könnte eines Tages weg sein, erfinde ich sogar Namen, um es anzuspornen, endlich zu wachsen, schneller zu wachsen, da ich mir nicht sicher bin, ob der Ritter mich noch einmal besucht und mir hilft ...

Fürs Gymnasium hat mir meine Mutter einen Hosenrock genäht. Ich habe darauf bestanden, dass sie einen Hosenschlitz mit Knöpfen vorsieht, genau wie bei der grauen Hose. Jetzt ist Anprobe.

»Hast du dir vorgestellt, was für ein Geschlecht ich haben würde, als ich noch in deinem Bauch war?«

»Nein!« erwidert meine Mutter. »Ich konnte mir gar nichts vorstellen ...«

»Ist das nicht seltsam?«

»Ja, allerdings ... Vielleicht habe auch ich gezögert ...«

Meine Mutter lächelt mir zu. Der Hosenschlitz sitzt an der richtigen Stelle vorn am Rock ... Geneviève hat sich sehr über das Urteil des neuen Arztes gewundert, genau wie wir. Auch sie blieb eine Weile stumm, um sich mit dieser seltsamen Aussage abzufinden, aber da sie nur der Junge in mir interessiert, sind ihr die Wörter zur Bezeichnung der Lanze wichtiger als das Schicksal von Denise, deren Namen sie weiterhin unpassend findet. Auch sie hat eine Vorliebe für das Wort Glied, bei Schwanz denkt sie zu sehr an ein Tier.

Bei der Lektüre von *Paul und Virginie* kam uns beiden gleichzeitig die Erleuchtung. Geneviève und ich lesen oft gemeinsam und liegen dabei auf meinem Bett, wobei ich die Hand auf ihrer rechten Brust liegen habe und sie die Hand auf meinem vor Erregung steifen Schenkel. Als wir das tränenreiche Buch wieder schlossen, nachdem wir selbst so manche Träne vergossen hatten, verschmolzen unsere Blicke in der Gewissheit: Wenn sie Virginie war, würde ich Paul sein.

Dank der aus Liebe vergossenen Tränen hatten wir meinen Namen gefunden: Paul würde mein Name sein.

Ich habe das Glück, dass mich Geneviève getauft hat. Meine Taufpatin, meine Verlobte. Ich denke, es wird mir sehr helfen, Paul zu sein. Ich werde mich an diesem Namen festhalten, mich an ihn klammern, wenn mir ein schwarzer Gedanke die Flügel lähmt, wie am Trapez ...

Auch wenn es keinen Grund dafür gibt, Geneviève nicht Geneviève zu nennen, mag sie es auch gern, wenn ich Virginie zu ihr sage. Sie behauptet, dass ihre Spalte, die angeblich viel größer ist als meine, wie ein Musselinschleier in der Meeresbrise bebt, wenn ich sie Virginie nenne.

Meine Eltern sind mit meinem neuen Vornamen einverstanden. Sie finden es durchaus gerecht, dass sie nicht mehr meinen Vornamen wählen, nachdem sie sich beim ersten Mal so sehr geirrt haben, finden es auch gerecht, dass die Wahl dem Mädchen meines Herzens zugefallen ist, da ich ja feierlich und fürs ganze Leben die Entscheidung getroffen habe, ein junger Mann zu sein.

Meine Mutter hat sich gern auf Paul eingelassen. Mein Vater nennt mich mal Paul, mal Paulo. Mir ist Paulo lieber. Paulo hört sich an wie ein Spitzname, den man schon immer hatte. Man kann sich nicht vorstellen, dass dem Paulo eine Denise vorangegangen ist.

Angehörige und Bekannte beugen sich allmählich mit unterschiedlichem Widerstand der Tatsache, dass ich, zumindest soweit sichtbar, eher wie ein Paul oder ein Paulo als wie eine Denise aussehe, und außerdem fürchten alle die unversöhnliche Haltung meines Vaters, der bereit ist, sich mit den Uneinsichtigen zu verfeinden und sie bei der ersten taktlosen Anspielung auf meine hypothetische weibliche Vergangenheit oder Zukunft aus dem Familienkreis auszuschließen.

Die Mutter meines Vaters mag mich am liebsten als Paul. Sie streichelt mir noch immer die Stirn, die unter dem kürzeren Haar höher ist denn je, und lobt bei jeder Gelegenheit den Schnitt einer Jacke oder eines Anzugs, die aus dem gleichen Kordsamt sind wie die meines Vaters. Einen Enkel zu haben macht sie überglücklich. Die ungewöhnliche Art, wie sie ihn bekommen hat, stört sie nicht. Sie sagt, er sei vom Himmel gefallen, und deshalb sei ich auch ein Künstler am Klavier.

Die Mutter meiner Mutter leistet den größten Widerstand. Sie vermeidet es, mich beim Namen zu nennen. Ihr ist es nicht möglich, »Paul« zu sagen. Wenn sie uns besucht, gibt es zwischen meiner Mutter und ihr ein endloses Getuschel, das verstummt, sobald ich auftauche. Eines Sonntags habe ich die beiden in der Küche bei einer Verschwörung überrascht.

»Das ist nur vorübergehend ...«, sagte meine

Mutter. »Nichts spricht dagegen, dass ... in die andere Richtung ... ins andere Geschlecht ... wechselt ...«

»Das hoffe ich ...«, erwiderte die Mutter meiner Mutter. »Man darf das Samenkorn nicht aus den Augen lassen, bis es keimt ...«

Das Wort »Samenkorn« löste bei mir die gleiche Wirkung aus wie die Wörter »Rock« und »Pflicht«. Eine mörderische Wirkung.

Ich habe sie gesehen ... Säcke. Tausende von Säcken. In endlosen Reihen, überquellend von Korn, Samenkörnern, Ekel erregendem Samen, der Bäuche und Brüste zum Keimen bringt, Spalten triefen lässt, und dann sah ich, wie mich die Mutter meiner Mutter mit Gewalt hineinsteckte, tief hineinsteckte in den Sack, den Mädchensack, den Frauensack. Und da platzte auch in meinem Kopf etwas, sprang auf wie ein Samenkorn. In einer Anwandlung von Wahn biss ich zu, biss ich die Mutter meiner Mutter. »Ich lasse mich nicht von euch in den Sack stecken!« schrie ich.

Noch nie habe ich so geschrien und noch nie meine Zähne in das wabblige Fleisch eines Frauenarms gebohrt. Die Lust, die ich dabei empfand, überraschte mich und machte mich neugierig, aber noch mehr überraschte mich, dass weder meine Mutter noch die Mutter meiner Mutter mich bestraften, so als hätte ich das Recht, zu schreien und gewalttätig zu werden, so als fühlten sie, die mir in der Generationenfolge vorausgehen, sich allein für dieses verdorbene Samenkorn verantwortlich, für diesen Biss des Wahns ...

Ich glaube, der Biss in den Arm der Mutter meiner Mutter hat die letzten Zweifel meiner Mutter ausgeräumt. Jetzt ist ihre Zustimmung uneingeschränkt. Meine Mutter ist von nun an die einzige Frau im Haus ihrer beiden Männer: dem Mann, den sie gewählt hat, und dem, der die Wahl, ein Mann zu sein, für sich selbst getroffen hat. Ich habe es daran erkannt, wie sie die Cousine Berthe weggeschickt hat, die neulich da war, um herumzuschnüffeln. Ich sehe noch Berthes völlig verstörtes Gesicht vor mir, als sie auf der Türschwelle stand. Die Cousine hatte sich allerdings zu einem besonders dummen Ratschlag hinreißen lassen: »Bleib trotzdem ein richtiges Mädchen, einverstanden?« hatte sie heroisch zu mir gesagt.

Als Berthe fort war, platzten meine Mutter und ich los und hielten uns fest an der Hand, genauso wie an dem Tag, als ich fünf und noch Denise war und sie mich dem ganzen Dorf in meiner dreiviertellangen Hose, meiner Bluse und meiner gleichfarbigen Mütze mit zwei Klappen, die genau auf meine Ohren passten, vorführte und die Leute glaubten, ich sei ein kleiner Junge. Das Witzige daran ist, dass sich die Leute an jenem Tag nicht getäuscht hatten. Sie hatten Recht. Meine Mutter und ich wussten es nur damals noch nicht. Na ja, wer weiß? Wir wussten es vielleicht schon, ohne es zu wissen ...

Ich bin ein Monster. Ich bin fünfzehn und ein Monster.

Natürlich sagt das niemand: weder meine Mutter, noch mein Vater, noch Geneviève und nicht einmal der Arzt, der das in meinem Blut festgestellt hat, aber ich sage es dem Badezimmerspiegel, der als Einziger die Wahrheit spricht und mich als Einziger nackt gesehen hat.

Im grellen Neonlicht sehe ich ganz genau, dass nichts an meinem Körper zueinander passt, Oben nicht zu Unten, Unten nicht zu Oben, und das wegen des verwilderten Gartens, in dem alles durcheinander wächst.

Auf dem Jahrmarkt würden die Leute Geld geben, um mich zu sehen, um das Monster zu sehen. Sie würden diesen Anblick genießen, das Unten und das Oben, das Oben und das Unten, das nicht zueinander passt, den ganzen Wirrwarr, und dann würden sie zufrieden wieder nach Hause gehen, zufrieden darüber, dies gesehen zu haben, aber auch zutiefst erleichtert: die Frauen darüber, dass sie Frauen, die Männer, dass sie Männer sind.

Ich stehe im grellen Neonlicht und weine über dieses verpfuschte Ergebnis, diese Furcht erregende Mischung, ohne eine Träne zu vergießen. Stöhne aus tiefster Kehle, schlucke die Tränen herunter.

Nichts passt zueinander. Hier ein Stückchen Frau, dort ein Stückchen Mann, ein Mischmasch von Fehlern und Unstimmigkeiten. Zu zweit in einem Körper.

Denise. Denise, die doch feierlich im Beisein von Vater und Mutter geopfert worden ist, ist vorn unübersehbar. Widerlich, ihre runden, giftgefüllten Brüste. Schmutzig, ihr kleiner stummer Mund, ihre hinterhältige Spalte, die offene Wunde, die unter mir nässt.

Ich stehe im grellen Licht und presse beide Hände auf die Brüste. Den Oberkörper vergessen. Ja, so ist es besser. Dann verschränke ich die Beine, drücke so fest es geht meine Akrobatenschenkel zusammen ... Ich will die Wunde schließen, ihre feuchten Ränder zusammenkleben. So ist es besser, ja. Und jetzt nur noch das Gießkännchen ansehen, den Däumling zwischen meinen verschränkten Schenkeln. Die ganze Aufmerksamkeit auf ihn richten, der noch so klein ist, so klein. Ihm helfen zu wachsen, ihn mit den Augen und der Seele ermutigen.

Ich will endlich allein diesen Körper bewohnen, ich, Paul, der junge Mann aus Überzeugung und Leidenschaft, der ich sicherer bin, was mein Geschlecht angeht, als meine eigene Mutter, die sich gar nichts vorstellen konnte, als ich noch in ihrem Bauch war. Ich will kein Monster mehr sein.

Was haben sich meine Eltern bloß dabei gedacht, mich in ein Ferienlager zu schicken? Vielleicht hatte die Mutter meiner Mutter ihre Hand im Spiel, es sei denn, dass meine Eltern selbst Ferien brauchten, Ferien fern von mir, um sich zu erholen.

Ich kann mir vorstellen, dass es auf die Dauer ganz schön anstrengend sein muss, seine Tage und Nächte mit einem unfertigen jungen Mann zu verbringen, der sich nichts sehnlicher wünscht, als ein richtiger junger Mann zu sein, jemanden Paul oder Paulo zu nennen, der für viele noch Denise ist, und dauernd mit einer Absonderlichkeit konfrontiert zu sein, auch wenn ihnen der unsichtbare, der verrückteste Teil der Absonderlichkeit erspart bleibt, denn nur ich kenne mich nackt im grellen Licht des Badezimmers, nur ich sehe das Monster ganz.

Ich kann mir vorstellen, dass es anstrengend sein muss, denn auch mich strengt diese Absonderlichkeit wahnsinnig an. Es gelingt mir deshalb nie richtig, mich von mir selbst zu erholen ...

Ich ertappe meine Mutter dabei, dass sie trotz ihres Eifers, mich als Sohn zu behandeln, nur als Sohn, mich genauso verunsichert ansieht wie früher, wenn sie stumm auf den dunklen Flaum blickt, der über dem geschwungenen Saum meines Mundes wächst, auf die zu dünnen, zarten Handgelenke, die aus den Ärmeln aus grobem Kordsamt meiner Jacken herausragen, und auf den weiß gebliebenen, zu grazilen Hals in den gestärkten Hemdkragen.

Vor allem meine Stimme lässt sie noch zusammenzucken. Sie kann sich nicht an diese tiefe Stimme gewöhnen, die aus meiner Kehle dringt und die noch tiefer ist als die meines Vaters. Das ist verständlich: Auch ich war völlig fassungslos gewesen, als sich meine Stimme ohne die geringste Warnung in einem Dunstschleier verhedderte.

Übrigens ist meine Mutter nicht die Einzige, die beim Klang meiner Stimme zusammenzuckt. Hier im Ferienlager spüre ich nur zu gut, dass man sich darüber und über so manche andere Dinge bei mir Fragen stellt.

Im Unterschied zum Gymnasium gibt es hier auch Jungen. Mädchen und Jungen unternehmen hier alles gemeinsam. Da tagsüber Shorts und Hosen erlaubt sind und sehr viel Sport getrieben wird (das hatte mir mein Vater versichert, um mich dazu zu bringen, das Haus zu verlassen), vergesse ich, dass ich offiziell wieder Denise bin und zur Kategorie der Mädchen gehöre. Ich bin das sportlichste, das lässt sich nicht leugnen, und eher ein wenig männlich im Verhalten, auch das steht außer Zweifel, habe kurzes Haar, gewiss, und auffälligen Haarwuchs, sicherlich, aber das ist alles.

Erst wenn es Abend wird, erfasst mich Beklemmung. Abends am Lagerfeuer, wenn die Flammen auf der duftenden, feuchten Wiese auflodern, versetzen mich die knisternden roten Funken in Glut, denn dann beginnt das rege Treiben zwischen Mädchen und Jungen, zwischen Jungen und Mädchen, und bei diesem Treiben, in dem jeder, jede einen Platz hat, habe nur ich keinen, auch wenn ich genau weiß, auf welche Seite meine Blicke, meine Hoffnungen gerichtet sind.

Die roten Funken brennen in mir. Meine Augen sind blutunterlaufen, so angestrengt blicke ich ins Dunkel und verfolge in der einfältigen, komplizenhaften Nacht die sich bewegenden Körper, den unmerklichen Tanz des Begehrens von Händen, die Hände suchen, von Knien, die Knie streifen.

Im Gegensatz zu den anderen Jungen, den richtigen sozusagen, habe ich mir kein Mädchen ausgesucht, mir keine Liebste erwählt, denn tagsüber sehe ich die Mädchen nicht an, weil ich zu sehr damit beschäftigt bin, meine ganzen Energiereserven, meine Muskelkraft zu verausgaben. Am Lagerfeuer zieht mich immer das Mädchen an, das mir am nächsten sitzt, auf sie konzentriert sich meine Gunst, daher die Beklemmung, denn ich weiß nicht das Geringste über das Mädchen, das mir am nächsten sitzt. Ich weiß nicht, ob sie mir bei Tageslicht gefallen würde und vor allem, ob es sie störte, wenn ich mich ihrer Hand nähere oder ihr Knie streife. Hinzu kommt noch die Furcht, einen Jungen anzulocken, auch wenn diese Furcht nicht ganz so ausgeprägt ist. Diese Vorstellung gefällt mir zwar nicht sonderlich, aber unter dem Einfluss der Hitze im Kopf sage ich mir, dass ich, falls das geschehen sollte, nicht allzu wählerisch sein darf, schließlich ist eine Hand eine Hand und ein Knie ein Knie. Aber zum Glück ist es nie dazu gekommen.

Die mit dem Lagerfeuer verbundenen Qualen sind harmlos im Vergleich zu denen, die mich beim Zubettgehen und beim Aufstehen erwarten, denn die Schlafräume von Mädchen und Jungen sind natürlich getrennt, und natürlich ist es undenkbar, dass ich hier kein Mädchen unter Mädchen bin.

Was haben sich meine Eltern bloß dabei gedacht, mich hierher zu schicken? In dieses Ferienlager, wo ich gezwungen bin, vor mir selbst zu flüchten. Gezwungen bin, das Gitter vom Käfig des Monsters einzurennen, alles genau zu kalkulieren, mich vor allem in Acht zu nehmen, auf Tricks zu verfallen, um möglichst spät unter die Gemeinschaftsdusche zu gehen. Gezwungen bin, mich zu verbrühen, damit ich mit Haut und Haaren in den dichten Dampfschwaden verschwinden kann, um mich – zur Wand gedreht, das Glied im Geheimnis der Schenkel, in den Falten meines Seins versteckt –, von der Demütigung reinzuwaschen, die man mir zufügt. Gezwungen bin, unter das Laken zu schlüpfen, es an mich zu drücken und mich darunter tot zu stellen. Mich hastig beim ersten Schimmer des

Morgengrauens anzukleiden. Und, was hier viel gefährlicher ist als im Gymnasium, zu mogeln bis zum Erbrechen, bis zum Gehtnichtmehr, ohne mich jedoch zu verleugnen, ohne das Mädchen zu spielen, denn ich will und darf den anderen auf meinem Zimmer nichts zeigen, erst recht nicht die Brüste, die Brüste, die aus Versehen da sind, einem groben Versehen, erst recht nicht die Brüste. Gezwungen bin, auf fatale Weise zu mogeln wie bei meiner ersten Kommunion, bei der ich sicher war, dass es meine letzte sein würde, denn schon an diesem Tag passte nichts zueinander, weder mein weißes Taftkleid zu meinem grenzenlosen Wunsch, einen dunklen Anzug zu tragen, noch meine Seele zu meinem Körper, noch mein Körper zu meinem Körper oder die Freude der anderen zu meiner Traurigkeit, denn ich hatte das Gefühl, verkleidet zu sein und Gott mit einer Kerze in der Hand zu belügen ...

Auch wenn ich mich nachts tot stelle, bin ich sehr lebendig. All diese schlafenden Mädchen mit ihrer offenen Spalte bedrängen mich. Es gehen Gerüche von ihnen aus, die mich wach halten. Eine Mischung aus Nivea und Schweiß, der gleiche Geruch wie der von Geneviève, wenn wir auf meinem Bett liegen und gemeinsam lesen. Geneviève, in vielfacher Ausführung sozusagen, müsste mich eigentlich glücklich machen, aber ich bin es einfach nicht, denn auch der Zweifel vervielfacht sich ebenso oft wie Geneviève, jede Nacht wird er nagender, beklemmender, und dann ist da die offenkundige, die grausame, unvermeidliche Frage: Ist meine schüchterne Lanze, mein zaghaftes Glied imstande, die unendlich große Spalte eines Mädchens mit Freude zu erfüllen?

Was haben sie sich bloß dabei gedacht? ...

Mein Vater ist der beste Vater der Welt. Wenn ich meine Mutter beobachte, kann ich nicht sagen, dass er auch der beste Ehemann ist, aber er ist der beste Vater der Welt. Manchmal muss man wählen, ob man ein guter Vater oder ein guter Ehemann sein will. Er hat gewählt: Er hat hochfliegende Pläne für mich. Ein Projekt, wie ich es bin, ist jedoch nicht ohne. Andere Väter hätten aufgegeben. Er nicht. Er gibt nicht auf. Seit er mich eines Tages auf die Trapezstange gesetzt hat, habe ich nicht ein einziges Mal Anzeichen von Ungeduld oder Überdruss bei ihm darüber bemerkt, dass ich sein Sohn bin und sein Projekt. Bei meiner Mutter haben schließlich die Liebe zu meinem Vater und die mütterliche Zärtlichkeit erreicht, dass sie sich mit einem Sohn zufrieden gibt, mein Vater dagegen hat sich nie etwas anderes gewünscht, auf jeden Fall kein Mädchen.

Angeblich hat er im Entbindungsheim, noch ehe er mir nur einen Blick schenkte, wütend das rosa Lätzchen aufs Bett meiner Mutter, die mich in den Armen hielt, geworfen und zu ihr gesagt: »Bist du nun zufrieden? Jetzt hast du sie, deine Tochter!« Er war so wütend, dass meine Mutter in Tränen ausbrach und sogleich das rosa Lätzchen und die Tatsache, dass ich ein Mädchen war, bereute.

Manchmal kommt es mir so vor, als hätte ich damals das Bedauern meiner Mutter und die Wut meines Vaters unmittelbar gespürt, unmittelbar gehört – dort, wo man hört, ohne zu hören, dort, wo man weiß, ohne zu wissen. Manchmal glaube ich, diese Geschichte mit dem rosa Lätzchen hat mich so verunsichert, dass sich alles in diesem Augenblick entschieden hat, als ich in meinem anfälligen Mädchendasein in den Armen meiner weinenden Mutter lag. Vielleicht war auch ein Junge da, der nur auf diesen Augenblick gewartet und alles gespürt, alles gehört und die Wut meines Vaters und die Tränen meiner Mutter ausgenutzt hat, um herbeizueilen. Er hat sein Glück versucht, um existieren zu können und alle zu versöhnen. Ziemlich spät, zu spät vermutlich, daher der Wirrwarr, die Furcht erregende Mischung heute. Und dieser Junge war natürlich ich.

Irgendetwas sagt mir, dass mein Vater mir für die ungewöhnlichen Anstrengungen dankbar ist, die ich unternehmen musste, um sein Paul zu werden, sein Paulo. Er kennt den Preis. Deshalb hat er diese Anstrengungen so unterstützt, ohne Ungeduld, ohne Überdruss zu zeigen. Deshalb ist er so verständnisvoll. Von dem Wirrwarr jedoch möchte er möglichst wenig wissen, das ist klar.

Wenn wir gemeinsam hinten in den Garten gehen, interessiert er sich nur für meinen sanften Strahl, der sich mit dem seinen vermischt. Er verschwendet keinen Blick auf meine Lanze. Er will nicht sehen, wie klein mein Glied ist. Wir sind zwei Männer, ein Vater und sein Sohn, die ganz einfach, harmonisch, im Einklang mit den Dingen, an einen Apfelbaum pinkeln.

Ich habe stets das Messer in der Tasche, das ich von unserer Reise in die Schweiz mitgebracht habe, von der ich dank meinem Vater als Junge in grauer Hose und weinroter Kordjacke zurückgekehrt bin, obgleich ich als Mädchen hingefahren war, nachdem ich meine Mutter ganz fest in die Arme genommen hatte, weil diejenige, die sie verließ, Denise, ihre Denise, sie für immer verließ, auch wenn ich, der junge Mann aus Überzeugung und Leidenschaft, bald zurückkehren würde.

Mein Vater und ich unterhalten uns am liebsten über Frauen, mein Vater, weil er verrückt nach ihnen ist – mehr, als meiner Mutter lieb ist –, und ich, weil meine Neigung für Frauen dem wenigen entspringt, das ich an Normalität besitze. Dass ich gern mit Mädchen, mit Frauen zusammen bin, bestätigt mich in meiner schon immer bestehenden Überzeugung, ein Mann zu sein. Noch größer ist die Bestätigung, wenn ich spüre, dass ich begehrt werde. Dann fühle ich mich so normal wie nie. Ich vergesse den Wirrwarr, wenn sich ein Mädchen aus meiner Klasse neben mir in der Sonne räkelt, um genüsslich den letzten Literaturkurs zu kommentieren. Ich denke nicht mehr an die Furcht erregende Mischung, wenn ihr Blick den meinen sucht, als stellte schon dieser Blick allein die Ordnung der Dinge wieder her, ganz einfach, so wie ein Urinstrahl an einen Apfelbaum, als erlaubte er mir den Luxus, normal zu werden. Ich, der ich ständig von Zweifeln verfolgt werde, zweifle dann nicht mehr eine Sekunde daran, dass das Mädchen die Begierde eines jungen Manns mit Schweizer Messer und Kordjacke wecken, die männliche Begierde reizen möchte, die im flaumigen Schatten meiner Lippe perlt und leuchtet. Geneviève, die in meinen Augen das hübscheste und begehrenswerteste Mädchen unter meinen Klassenkameradinnen bleibt, ist so nett, nicht eifersüchtig zu sein. Sie lässt mich gewähren.

»Du verdrehst ihnen allen den Kopf«, erklärt sie gutmütig.

»Das ist deine Schuld. Muss ich dich daran erinnern, dass du meine Taufpatin bist? Du hast mir den Namen Paul gegeben.«

»Ja, aber nur, um *deine* Virginie zu sein.«

Dann lächeln wir beide ...

Ich vermute, dass Geneviève, abgesehen von ihrer natürlichen Großzügigkeit, ein gewisses Interesse daran hat, die Unruhe, die ich unter ihren Freundinnen stifte, zu schüren. Wer weiß, ob nicht auch sie das Bedürfnis hat, bestätigt zu bekommen, dass ich gern mit Mädchen zusammen bin, um sicher zu sein, dass ich wirklich ein Paul bin, *ihr*

Paul, wenn sie eines Tages *meine* Virginie werden will?

Lange nach dem Aufenthalt im Ferienlager habe ich mit meinem Vater über meine Ängste gesprochen, die für mich mit einem unausweichlichen, grausamen Problem verbunden sind: die bescheidene Größe meines Glieds und die riesige Spalte eines Mädchens. Mein Vater hat laut gelacht und sich einen Zigarillo angezündet. Die Tatsache, dass ich mir diese Frage stelle, sei, wie er sagte, der beste Beweis dafür, dass ich ein Mann sei. Dass alle Männer die gleiche Befürchtung hätten. Dass auch er sie habe. Dann witzelte er darüber, dass ich das Glück hätte, ständig inmitten einer Schar von Mädchen zu leben und jeden Tag insgeheim, gewissermaßen wie ein Wolf im Schafspelz, in intimem Kontakt mit ihnen zu sein.

Ich habe es nicht übers Herz gebracht, meinem Vater etwas zu erwidern, ihm das Lachen zu vergällen, seine Naivität bloßzustellen. (Vermutlich braucht er diese Naivität, um nicht den Mut zu verlieren.) Ich habe aber meinerseits auch nicht den Mut gehabt, ihn mit dem verpfuschten Ergebnis zu konfrontieren. Damit er endlich das Monster zu sehen bekommt, für das er so hochfliegende Pläne geschmiedet hat. Damit er das Werk betrachtet, das meine Mutter und er zustande gebracht haben und bei dem nichts zueinander passt. Damit er endlich Tränen über diesen angeblichen Wolf vergießen kann, der sich mehr vor den Schafen fürchtet als die Schafe vor dem Wolf, damit er weint über dieses unvollendete, ängstliche Säugetier, diesen schamhaften Werwolf, der sich weder auf einer Jahrmarktsbühne noch vor seinem eigenen Vater zeigen mag.

Ich habe ihm nichts von den Qualen der Verkleidung, des sich Verstellens, der unerträglichen Last des Zwiespalts erzählen können, von all dem, was mich seit einiger Zeit verfolgt, seit dem Tag, an dem ich die Mutter meiner Mutter biss, als sei in meinem Kopf etwas geplatzt. Ich habe den Eindruck, in mir keime etwas, ein Samenkorn des Unkrauts aus dem verwilderten Garten, und das löst ganz ungewöhnliche, unverständliche Gefühle bei mir aus, für die ich noch keine Worte habe, die mich aber erneut zu einem Biss des Wahns verleiten könnten: das seltsame Gefühl, dass sich meine Haut löst, als trennte sie sich von mir und als trennte auch ich mich von mir, ohne zu begreifen, in welche unbekannte Gegend ich mich begebe, und ohne zu wissen, ob diese Gegend gastlich ist oder nicht.

Auch Geneviève gegenüber habe ich diesen seltsamen Eindruck nicht erwähnt, denn sie mag gerade meine Haut sehr gern. Besonders diese Mischung aus glatten und rauen Stellen, die nur sie mit ihrer Hand mit meinem Einverständnis erkunden darf. Ihre Enttäuschung wäre groß, wenn sie erführe, dass sich meine Haut löst.

Geneviève will mich ans Meer mitnehmen.

Seit dem missglückten Aufenthalt im Ferienlager habe ich mich nie mehr von meinen Eltern oder von zu Hause entfernt, dem einzigen Ort, der mich vor den anderen und mir selbst schützen kann, aber mit Geneviève ist das etwas anderes. Wenn ich mit ihr zusammen bin, wird das Beste in mir angesprochen. Geneviève ist mein Bezugspunkt, mein Maßstab. An ihr messe ich seit jeher die Abweichungen meiner unkontrollierten Entwicklung, meines Wirrwarrs. Auf Genevièves Skala wird nur mein Wachstum als Junge und als junger Mann angezeigt. Der Rest zählt nicht. In dieser Hinsicht unterscheidet sie sich nicht von meinem Vater. Alles, was Denise betrifft – die sie trotz allem gut gekannt hat, schließlich war sie ihre beste Freundin –, wird mit Stillschweigen übergangen, ist wie ausgelöscht. Geneviève hat als kleines Mädchen und dann als junge Frau den langen Vorhang ihres Haars vor ihr zugezogen. Alles wurde auf dem Pausenhof gesagt, als wir unter der Schulglocke vereint mit aufrichtigen Worten den Entschluss fassten – sie, dass sie Geneviève bleiben, und ich, dass ich nicht mehr Denise bleiben würde – und Geneviève für mich das »so zu tun als ob« beschloss, das mir so sehr half, Paul zu werden, dieser Paul, den sie aus unserer gemeinsamen Rührung heraus getauft hat ...

Geneviève nimmt mich mit ans Meer. Sie nimmt ihren Verlobten mit, ohne sich klar zu sein, wie wenig dieser einem Verlobten gleicht, vor allem, da der Familie, die uns dort erwartet, eine Schulfreundin angekündigt worden ist – ich bin die langjährige Freundin, der die Eltern schon ab und zu begegnet sind.

Kaum sind wir angekommen, sage ich mir, dass die Idee, ans Meer zu fahren, keine gute Idee war, für niemanden. Ich weigere mich beharrlich, mich am Strand auszuziehen. Geneviève, die mich unwillkürlich Paul nennt, vergrößert noch die Verwirrung und die Verunsicherung, die meine Stimme und mein Verhalten hervorrufen. Genevièves Vater ist zum Glück nicht da, aber ihre Mutter lässt mich erstarren.

In dem Blick, mit dem Genevièves Mutter mich ansieht, erkenne ich die gleiche stumme Frage wieder wie damals bei meiner Mutter, als sie noch nichts wusste ... Müttern ist wohl gemein, dass sie das Unsichtbare suchen und sich einen Weg durch den Dschungel der Natur bahnen, als könnte ihnen keine Ungewöhnlichkeit, kein Rätsel widerstehen. Die Augen von Genevièves Mutter durchbohren mich. Durchdringen mich wie die Sonne die zerrissene Wolkendecke, ergründen mit jedem Blick mein Geheimnis.

Genevièves Mutter, die nicht alles sehen kann – wer kann das schon? –, sieht das Wesentliche: Sie begreift, dass die Schulfreundin viel von einem jungen Mann hat, und macht sich Sorgen um ihre Tochter ...

Sie braucht sich keine Sorgen zu machen. Ihre Tochter hat von dem besagten jungen Mann nichts zu befürchten. Ihre Tochter wird nie und nirgendwo so wenig in Gefahr sein wie im Zimmer dieses jungen Mannes. Der junge Mann ist eine Schimäre. Ich bin eine Schimäre. Es gibt mich nicht. Ich kann Geneviève nicht zu nahe kommen, kann nicht einmal an ihrer Seite lesen, die linke Hand auf ihrer rechten Brust, ihre Hand auf meinem Schenkel, denn mein Schenkel ist nicht mehr steif vor Erregung. Mein Schenkel ist wie alles andere bei mir gelähmt. Ich habe mich aufgelöst. Ich bin ungefährlich, gestrenge Frau Mutter ...

Was bedrückt dich, Paul?, fragt meine Virginie stumm, während sich ihr hübsches Gesicht mir zuwendet. Was mich bedrückt, Virginie? Die Scham, Virginie, die Scham bedrückt mich. Die Scham des Verlobten ohne Verlobung, ohne Gelöbnis. Die Uneinigkeit zwischen mir und mir bleibt bestehen. Scham bedrückt den jungen Mann – die Schulfreundin –, den eine gestrenge Mutter mit ihrem durchdringenden Blick in Furcht und Schrecken versetzt. Mich bedrückt, dass mir zwischen dem Weiblichen und dem Männlichen, dem Männlichen und dem Weiblichen ein Fehler unterlaufen ist, ein Fehler, den du, Geneviève, nie auf der Skala deines Begehrens oder deines Willens ablesen kannst.

Vergeblich bedrängt mich Geneviève noch einmal, doch es hilft nicht mehr, »so zu tun als ob«. Als richtiger Verlobter muss man mit Leib und Seele dabei sein, nicht nur halb und halb, nicht nur mit halbherzigen Worten, halbherzigen Gesten ...

Geneviève begleitet mich zum Bahnhof. Ich fahre weg, weil mir der Mut gefehlt hat, weil ich an einem gewissen Ritter, an einer glorreichen Lanze gezweifelt habe, weil ich im entscheidenden Augenblick, in der Stunde der Wahrheit, beim offiziellen Akt nicht habe nehmen wollen, was mir angeboten wurde.

Im Zug, der mich nach Paris zurückbringt, spüre ich, wie sich meine Haut noch ein bisschen mehr löst, wie ich mich noch weiter von mir entferne ...

Zu Hause, wo man genau weiß, woher ich komme, empfängt man mich herzlich, ohne mir Fragen zu stellen. Am Klavier bin ich großartig. Ich spiele meine selbst erfundene Sonate wie bei großen Anlässen vierhändig allein, aber sie muss wohl sehr traurig klingen, denn meine Mutter schluchzt.

Heute Abend werde ich nicht an der Seite meines Vaters an den blühenden Apfelbaum pinkeln.

Meine alte Klavierlehrerin Mademoiselle Mayeur ist sich ihrer Sache ganz sicher, seit Jahren beteuert sie meinen Eltern, ich sei ein erstaunlich guter Klavierspieler – kein Interpret, kein Ausführender, denn ich bin unfähig, mich an ein Notenblatt zu halten, sondern ein Künstler, ein Erfinder, das stehe fest. Mademoiselle Mayeur irrt sich nie, was ihre Schüler angeht. Sie nimmt deren Besonderheiten, deren Begabung oder deren Unzulänglichkeit schon wahr, wenn sie die ersten Tonleitern üben, und zwar an der Art, wie sie die Finger spontan auf die Tasten legen.

Meine persönliche Art zu spielen sei von Anfang an ganz anders als die aller anderen gewesen. Meine Hände ständen immer im Gegensatz zueinander, im Widerspruch. Man habe den Eindruck, sagt sie, dass sich meine linke und meine rechte Hand gegenseitig herausforderten, die Musik einander streitig machten, als brauchten sie diesen Zwist, diesen ständigen Konflikt, damit meine Finger Klänge von seltener Schönheit hervorbrächten.

Ich bin völlig mit ihr einverstanden: Ich spüre sehr wohl, dass es am Klavier wie auch sonst überall zu Auseinandersetzungen, zu Meinungsverschiedenheiten kommt, doch nur dort gelingt es mir, etwas miteinander zu versöhnen. Ich schließe Frieden, ich hisse die weiße Flagge meiner Disharmonie. Mademoiselle Mayeur weiß jedoch nicht, dass ich mehr als zwei Hände habe, dass ich vierhändig spiele und erfinde.

Diese vier kenne ich gut. Zwei von ihnen riechen noch nach dem Fett, mit dem ich als kleines Mädchen meine Pantinen gewichst habe. Diese Kleine ist nicht meine eigentliche Feindin. Gegen sie habe ich nichts. Auch sie hat gelitten. Ein seltsames Gift hat ihre Wangen ausgehöhlt. Ein Übel hat an ihr genagt, das Gefühl eines Mangels, einer quälenden Unvollkommenheit, und das endlose Warten auf einen Vater, der über sie urteilen würde. Mit dieser kleinen Verletzten will ich gern spielen, gemeinsam musizieren. Ihr will ich nicht wehtun, sie nicht noch schwerer verletzen. Dieses kleine Mädchen, das ich nicht zu sein vermochte, kann ich nicht töten. Ich liebkose seine zu hohe Stirn mit einem wohlklingenden Akkord, lasse seinen allzu besorgten Blick mit einem schönen Kontrapunkt aufleuchten …

Am Klavier empfinde ich keinen Hass darüber, dass wir mit unseren vier Händen zu zweit im selben Körper sind. Das kleine Mädchen ist keine Frau. Seine Händchen flößen mir keine Angst ein. Sie tanzen wunderbar über die schwarzen oder weißen Tasten. Ich rufe die Kleine herbei zu meinen zweistimmigen, meinen gegenläufigen Kanons. Sie gesellt sich zu mir bei meinen Sonaten, hilft mir, sie zu verfeinern. Die Schönheit ist der Lohn für diese seltene Aufteilung. Für mich und auch für meine Eltern, denn auch sie versöhnen sich, wenn ich für sie spiele. Das ist der einzige Augenblick, in dem mein flatterhafter Vater sich nicht darüber ärgert, dass meine Mutter in Tränen ausbricht. Ich bin ihr gemeinsames Projekt, ihr Erfolg.

Kein Monster widersteht dem unbeschreiblichen Gefühl der Vollkommenheit.

Derselbe Strand, dasselbe Haus, aber diesmal sind Geneviève und ich allein.

Derselbe Strand, dasselbe Haus, dieselbe Geneviève, anders bin nur ich. Nicht unähnlich dem Monster, das ich war, das ich bin, aber anders durch die Ungeduld und den Wunsch, den Zweifel und die Schande so schnell wie möglich auf bestimmte Weise wieder wettzumachen ...

Geneviève tut so, als schliefe sie. Sie hat gespürt, dass ich mich nähere, daher tut sie so, als schliefe sie. Sie erwartet Besuch.

Auch ich habe eines Nachts Besuch bekommen! Geneviève hat das nicht vergessen.

Heute Nacht wartet sie auf ihren Besucher.

Sie hofft, dass er wie alle nächtlichen Besucher mit raschelnden Flügeln kommt.

Darum gehe ich mit leichtem, beschwingtem Schritt, der die laue Luft dieses Spätsommers erzittern lässt, auf ihr Bett zu.

Heute bin ich der Besucher.

Geneviève macht die Augen ganz fest zu. Sie weiß, dass sie ihn auf keinen Fall ansehen darf, während er sie ansieht.

Nackt und weiß liegt sie auf dem weißen Laken, die Augen sind geschlossen, aber die Schenkel leicht gespreizt.

Ich kenne die Landschaft der Brüste, die Kuppen der Saharadünen, aber alles andere entdecke ich erst, habe ich noch nie gesehen, noch nie berührt!

Die vollkommene Schönheit dieser Harmonie, bei der alles zu allem passt, Oben zu Unten, Unten zu Oben. Keine Unordnung. Keine Unstimmigkeiten.

Der lange Vorhang ihres blonden Haars endet nicht auf ihren Hüften: Er setzt sich mit gelockten Fransen auf dem Gipfel ihrer halb gespreizten Schenkel fort, ich entdecke ihn, als ich mich leichter als ein Phantom auf den Rand des weißen Betts setze.

Und dann sehe ich sie: Da ist sie, die Spalte in der Schlucht der Fransen. Genevièves Spalte ist keine Wunde, kein Riss. Sie ist kein Bruch in der Ordnung der Dinge. Genevièves Spalte ist ein Lächeln. Ein tiefes, zartes Lächeln auf verspielt umsäumten Lippen.

Ich betrachte diesen Mund, der so froh ist, auf der Welt zu sein, diesen äußerst gut geratenen Mund eines gut geratenen Mädchens, ich, der unfertige junge Mann, der es kaum fassen kann, dass er erwartet wird und er der Besucher ist, an den sich dieses Lächeln in der lauen Nacht richtet.

Zärtlich gleitet meine Hand über den nackten Bauch, streicht über diese blonden Locken. Genevièves Lider zittern. Sie scheinen meine Hand zu begleiten, sie zu führen.

Eines Nachts hat sich ein Finger auf meine irrtümlich geöffneten Mädchenlippen gelegt. Er hat »Psst!« gemacht, hat sie gebeten, für immer zu schweigen. Ich denke daran, während ich meinen Jungenfinger auf Genevièves Lippen lege, und auch sie denkt daran. Sie hat es nicht vergessen.

Heute Nacht bin ich der Besucher, bin ich der Ritter.

Genevièves Lippen müssen nicht schweigen. Im Gegenteil: Sie wollen sich öffnen, reden, sagen, was sie noch nie, noch keinem Mann gesagt haben, und wollen es nun mir sagen.

Mein Finger gleitet in die Spalte. Die Lippen seufzen, als erwachten sie. Das Lächeln ist noch immer da, aber inzwischen irgendwie feucht. Ich will den Musselinschleier finden, will wissen, wo und wie er in der Meeresbrise bebt.

Obwohl mein Finger es nie gelernt hat, errät er seine Macht, sein Talent, und dringt tiefer in die verspielte, weiche Spalte. Jetzt lächeln auch Genevièves Augen hinter den geschlossenen Lidern.

Was sie mir zu sagen hat, mir ganz allein, das höre ich.

Ich sitze auf dem Rand des weißen Betts, meine Männerhand lernt schnell. Bald spüre ich, wie sich Genevièves Lippen heftig zusammenpressen. Und mein Herz, es schlägt in meiner Fingerspitze.

Jetzt weiß ich wirklich, warum ich unbedingt ein Paul sein wollte: um zu spüren, wie mein Herz tief im Inneren einer Virginie schlägt.

Geneviève blickt mich mit weit aufgerissenen Augen an. Sie will ihn sehen, den jungen Mann, der sie, ohne sich zu entkleiden, ohne sie zu besitzen, mit solcher Heftigkeit und Lust zugleich geliebt hat.

Geneviève will ihn sehen, ihn, der seine Schöne ohne Lanze im Sturm nimmt.

Ich entscheide mich für Biologie. Ich wüsste nicht, welches andere Fach für meine Besonderheit und die Unordnung, die sie seit langem in meinem Körper und immer stärker auch in meinem Kopf hervorruft, geeignet sein könnte. Denn künftig muss ich mich mit einer Sache abfinden, der ich nicht zustimmen kann: Nie werde ich Geneviève mit meinem Kinderglied penetrieren, trotz meines Verlangens, meiner Begierde, es zu tun.

Zwischen dem Mann, der sie begehrt, und dem Kind, dessen kleines Glied sich aufrichtet, liegen Welten, liegt eine unüberbrückbare Kluft der Auflehnung. Der Unterleib dieses Kinds erbittert mich noch mehr als die Ungereimtheiten von Denises Oberkörper. Die Brüste kann ich verstecken, Tag und Nacht – Geneviève hat sie im Übrigen nie wieder gesehen, seit sie als Erste im Umkleideraum des Gymnasiums die Schwellung, die unheilvollen Beulen bemerkt hat –, aber das Geschlechtsteil, auch wenn es nur so winzig ist, darf ich nicht verleugnen. Es ist mein Unterpfand, Ausdruck meines leidenschaftlichen Willens, auf der Fußballerseite zu sein, wie Geneviève und ich es in der Grundschule genannt haben. Es ist unser Beweisstück, der offizielle Akt, der uns verbindet.

Obwohl Geneviève ihre Lust nicht ihm direkt

verdankt, spornt sie mich in seinem Namen an, mich öffentlich als Mann zu erkennen zu geben. Sie möchte zum Beispiel, dass ich mich rasiere und aufhöre, den dunklen Flaum zu bleichen, der über meiner Lippe sprießt, möchte, dass ich für die ganze Welt, vor aller Augen Paul bin und ihr die Hand, die ihr die höchste Lust verschafft, fest auf den Nacken lege.

Wenn Geneviève über meine Hand spricht, meint sie damit mehr als nur meine Hand. Ihr zufolge bin ich ein unvergleichlicher Liebhaber mit einem ebenso erstaunlichen Talent wie am Klavier. Geneviève behauptet, dass mich mein Kinderglied dazu zwinge, viel Phantasie und Kunstfertigkeit zu entwickeln. »Manchmal habe ich das Gefühl, dass du vier Hände hast!« sagt sie bewundernd.

Wer weiß, ob wir nicht tatsächlich wie am Klavier zu zweit sind, wenn ich Geneviève liebkose? Aber ich verscheuche schnell diesen Gedanken, den ich sowohl für meine Verlobte, meine Taufpatin der Liebe, wie auch für mich ungebührlich finde.

»Du bist männlicher als jeder andere Mann«, sagt Geneviève manchmal. Wenn ich dann an das verpfuschte Ergebnis und den Wirrwarr denke und sie ganz melancholisch frage, warum, erwidern Virginie und Geneviève das Gleiche: »Weil du mit aller Kraft darum kämpfst, Paul zu sein. Ein Mann zu sein ist deine Leidenschaft.« Und das bestürzt mich, zum einen, weil es stimmt, und zum anderen, weil ich es vorziehen würde, wenn es nicht so wäre.

Ich würde lieber ein ganz normaler Mann sein, dessen einziger Ruhm in seiner Männlichkeit besteht. Ich würde Geneviève oder Virginie lieber mit meinem Glied, meinem Schwanz, meinem Pimmel erobern …

Ich habe mich also für das Fach Biologie entschieden.

Ich kann es nicht abwarten, an die Universität zu gehen. Allerdings habe ich mich noch mit dem Vornamen Denise eingeschrieben. Außerdem ist das Foto, das meinen Unterlagen beigefügt ist, völlig misslungen, ich war zutiefst entsetzt, als ich es sah.

Geneviève müsste eigentlich begreifen, dass eine Biologiestudentin mit einer zu tiefen Stimme sich nicht rasieren kann. Was sie von mir verlangt, weckt mein Verlangen, bestätigt aber auch meine Unfähigkeit, es zu erfüllen. Mich öffentlich als Mann zu erkennen zu geben geht über meine Kraft, über meinen Verstand.

Die Tatsache, dass ich für die gelungenste aller Frauen ein Mann bin und mich nicht mehr vor ihrer Spalte und deren Größe fürchte, weil ich sie auf meine Weise glücklich gemacht habe, hat mich aber nicht besänftigt, im Gegenteil. Ich sage mir manchmal sogar, dass es vielleicht besser für mich gewesen wäre, wenn Geneviève mich in dem Haus am Meer voller Entsetzen zurückgestoßen hätte. Wenn sie »du Monster!« geschrien hätte, wäre ich vielleicht einsichtig an meinem Platz als Monster geblieben, dem Platz, der mir letztlich zusteht, hätte einsichtig gestöhnt und meine Tränen heruntergeschluckt …

Allen Widerständen zum Trotz bemühe ich mich stattdessen, zu leben und zu lieben, auch wenn mir die sich planlos vermehrenden Keime, die sich in allen Winkeln meines Hirns wie wild wucherndes Unkraut ausbreiten, Angst machen und mich, um atmen zu können, dazu zwingen, mich in solche Höhen aufzuschwingen, dass mir – dem Akrobaten, dem Trapezkünstler – dabei schwindlig wird.

Ich erinnere mich an ein Versprechen, das ich vor langer Zeit gegeben habe. Ich habe meinem Vater versprochen, dass ich eines Tages den Sprung mit ausgebreiteten Flügeln wie ein Engel wagen würde. Damals habe ich nicht an meinen Flügeln gezweifelt. Heute jedoch zweifle ich wegen meiner schwarzen Gedanken, von denen ich schon damals geahnt habe, dass sie für Luftsprünge gefährlich sein könnten. In allen Winkeln meines Hirns habe ich so viele schwarze Gedanken wie wild wucherndes Unkraut, Gedanken, die mir die Flügel lähmen …

Mein Vater, der wohl gemerkt hat, dass sich zwischen Geneviève und mir etwas abgespielt hat, ist darüber so erfreut – um nicht zu sagen sinnlich erregt –, dass er nichts merkt, absolut nichts, schon gar nicht meine Ängste als Verlobter. Geschichten über Sprünge mit dem Kopf zuerst und gelähmte

Flügel würden ihn zum Lachen bringen, und mein Versprechen hat er wahrscheinlich vergessen, vor allem, weil ich zur Zeit des Trapezes ja noch ein Mädchen war.

Meine Mutter, die viel aufmerksamer und scharfsichtiger ist, ahnt ganz bestimmt, dass ich in Gefahr bin, ahnt vielleicht sogar, dass ich schon wieder zum Biss des Wahns bereit bin. Sie hatte schon damals Angst, als sie durch das Küchenfenster meine gefährlichen Übungen an der höchsten Stange des Turngerüsts überwachte.

Ich spüre, sie ist beunruhigt, als würde ich aus irgendwelchen Höhen herunterfallen. Sie streckt mir die Hände entgegen, als wolle sie einem Straucheln zuvorkommen, einem möglichen, unerklärlichen Fall, einem Sturz in die Leere.

Ich erwarte von der Biologie, dass sie mich auffängt, ebenso vertrauensvoll und sicher wie mein Vater, als er mir befahl, das Trapez loszulassen, und ich ihm gezeigt habe, dass ich fliegen kann – mit dem Kopf zuerst in die Leere.

Er heißt Max. Ich bin ihm auf der Treppe begegnet. Mein Studentenzimmer liegt gegenüber von ihrer Wohnung. Ich sage »ihrer«, da Max verheiratet ist, aber eigentlich hätte ich »seiner« Wohnung sagen sollen, denn ich habe gleich gespürt, dass Max, ein gut aussehender Mann um die vierzig, nicht wirklich der Ehemann dieser Frau sein kann, die viel älter ist und vor allem längst nicht so feminin wirkt wie er, auch wenn sie seinen Namen trägt und unter einem Dach mit ihm lebt. Ich werde diese Begegnung nie vergessen, die Art, wie wir uns auf der schmalen Treppe im Vorbeigehen berührt haben ...

Normalerweise nehme ich Männer gar nicht wahr. Ich beneide sie um ihre Normalität und habe zugleich eine Abneigung gegen ihr Geschlecht. Nur nach Frauen drehe ich mich um. Doch nach Max habe ich mich auf der Treppe umgedreht, und er sich nach mir. Ich glaube, wir haben beide im gleichen Augenblick begriffen, dass unser Äußeres gegen uns spricht und wir beide etwas verheimlichen.

Dass ich auf feminine Männer anziehend wirke, ist nicht neu, aber zum ersten Mal habe ich den tieferen Sinn dieser Sache begriffen, und zum ersten Mal hat es mich gerührt, so als stünde ich vor einem Bruder, einem Bruder in der Verstellungskunst.

Auch Max tut anderen gegenüber so, als sei er jemand anders, und auch er leidet darunter. Ihn hat sogleich das Absonderliche der Biologiestudentin berührt, so wie mich das Bizarre an ihm.

Er weiß, dass meine einzige Sorge darin besteht, ein Mann zu sein. Ich weiß, dass er alles daransetzt, eine Frau zu sein.

Übrigens habe ich mich nach einer Frau auf der Treppe umgedreht und er nach einem Mann, auch wenn er keineswegs eine Frau ist und ich alles andere als ein Mann. Viel später habe ich mir gesagt, dass die Liebe wohl darin besteht, den Traum des anderen ungeachtet der Wirklichkeit, die so oft gegen uns spricht, allem Anschein zum Trotz zu erfüllen ...

Ich finde es wunderbar, von einer Frau begehrt zu werden – besonders, wenn es sich um Geneviève handelt, der gelungensten von allen –, aber dass ein Mann den Mann in mir begehrt, erhöht noch die Gewissheit, dass ich mich nicht über mich getäuscht habe. Wenn Max mich begehrt, bestätigt er mich noch mehr in meiner Männlichkeit als Geneviève, der ich übrigens nichts davon erzählt habe.

Was hätte ich ihr auch sagen sollen? Einen Teil der Wahrheit? Dass Max sich freut, wenn ich ihn – mit dem Segen seiner Frau, denn inzwischen habe ich erfahren, dass es sich um eine Scheinehe handelt – besuche und dass ich sein kleiner Schützling bin? Dass Max mich beobachtet, wenn ich auf dem

Sofa im Wohnzimmer schlafe, ohne sich mir zu nähern und ohne mein Geheimnis zu kennen. Oder die ganze Wahrheit? ...

Eines Abends nähert er sich mir, bekennt seine Neigung, wie sehr er sich als Frau fühlt und wie sehr ich ihn fasziniere, ich, der Student, der sich versteckt, der verkleidete jüngere Bruder, das genaue Gegenteil von ihm, und wie sehr ihn dieses Gegenteil anzieht.

Ich bin zutiefst erregt, gerührt, verlegen darüber, dass er sich so stark von mir angezogen fühlt, schäme mich meiner Unfertigkeit, der Unordnung, von der er sich kaum eine Vorstellung machen dürfte.

Der lang hinausgeschobene Augenblick, mich jemand anderem als Geneviève zu offenbaren, ist da.

Wie soll ich es ihm sagen? Mit welchen Worten? Mit denen vom Jahrmarkt? Mit denen der Wissenschaft? Noch nie habe ich solch einen Augenblick erlebt, in dem man durch ein Geständnis Angst hervorruft oder womöglich Ekel – wer weiß? –, wenn das Monster ohne Warnung auf die Menschheit losgelassen wird.

Und Max, der kaum beeindruckt dem beschämten, verlegenen Schuldigen ruhig zuhört, als habe er sein ganzes Leben lang Monster gesehen, spricht ganz natürlich jenen Satz aus, jenes endgültige Urteil, an das ich mich klammern kann, besser als an die Biologie, wenn mir schwindlig wird und ich mit dem Kopf zuerst in die Leere zu stürzen drohe:

»Mann, Frau, beides zugleich, das ist doch völlig egal! Du bist ein Mensch!«

Die ganze Wahrheit besteht darin, dass sich zwei Menschen an jenem Abend geliebt haben, jeder mit dem von ihm bevorzugten Geschlecht, Max als Frau und ich als Mann.

Mein Spiel mit vier Händen hat Max, der sich wie ein Mädchen, wie Geneviève, auf dem Sofa des Wohnzimmers hingegeben hat, vor Lust vergehen lassen. Und ich, ich habe mich wohl noch nie so männlich, so erobernd, so nah an der Normalität gefühlt wie in dieser Stellung, in dieser ausgesprochen unnormalen Situation, in die uns Max zu seinem und meinem Genuss gebracht hat.

Mit Max habe ich den Eindruck, die Bürde meiner Einzigartigkeit weniger zu spüren, weil auch er einzigartig ist. Sie bedrückt mich letztlich weniger, als wenn ich mit Geneviève zusammen bin.

Geneviève zwingt mich dazu, mich selbst zu übertreffen. Genevièves Spiel, »so zu tun als ob«, macht mich mutlos. Geneviève stellt zu hohe Ansprüche an mich, weil sie sich nur für den Mann in mir interessiert, nicht aber für den Rest, und dabei ist der Rest, der Wirrwarr noch immer da. Max dagegen stört mein Wirrwarr nicht. Für ihn ist es meine Art, anders zu sein, so wie auch er offensichtlich anders ist. Geneviève ist einfach zu normal.

Die Normalität der anderen ist ermüdend, wenn man nicht so ist wie sie, und man wird es schließlich leid, sich anzustrengen, träumt manchmal sogar davon, nur noch mit solchen Menschen zusammenzuleben, die einem ähnlich sind und die wie ich zum Wirrwarr in Körper oder Kopf verdammt sind. Denn in meinem Kopf geht es immer wilder zu. Mit jedem Tag wuchert dort das Unkraut höher, wächst die seltsame Lust zum Durcheinander, die Lust, mit dem Kopf zuerst in die Leere zu fallen.

Die Logik des Biologieprofessors ist unwiderlegbar. Ich habe die Sache von vornherein begriffen, und auch alle rings um mich in diesem Hörsaal haben es begriffen. Seit dem Beginn der Vorlesung heute Morgen ist nur von mir die Rede, ganz allein von mir. Logisch ist auch, dass ein Biologieprofessor sich besser als jeder andere für die Aufgabe eignet, mich zu verraten und mit dem Finger auf mich zu zeigen, auf mich, das Naturwunder, das Phänomen.

Der Professor hat dafür eine Metapher aus der Vogelkunde benutzt, die niemanden irreführt und jeden sogleich erkennen lässt, um wen und was es sich handelt. Sein geschicktes Bild der Zugvögel ist überaus einleuchtend, und der Vergleich zwischen der Schwalbe und dem Mauersegler könnte nicht treffender sein.

Der ganze Hörsaal hat mich darin wieder erkannt.

Es versteht sich von selbst, dass die Schwalbe und der Mauersegler mich bezeichnen, mich, das hybride Wesen, das zwei in einem vereint. Pfiffig, die Anspielung auf Denise als Schwalbe, raffiniert die auf Paul als Mauersegler. Der ganze Hörsaal hat mich wieder erkannt und bricht in Lachen aus. Ich bin entlarvt, ich und die andere. Wir beide.

Schluss mit dem Versteckspiel, die Verkleidung ist überflüssig geworden. Die Farce konnte nicht ewig dauern. Die Farce hat schon zu lange gedauert.

Vielen Dank, verehrter Professor der Biologie. Vielen Dank dafür, dass Sie den Schuldigen ausfindig gemacht haben, das Monster in seinem Versteck. Für Vögel und ihren hochmütigen Flug habe ich sowieso nichts übrig.

Gelächter schallt durch die Gänge, spöttisches Glucksen.

Der Professor blickt die Studentin in der siebten Reihe neben dem Fenster an, sieht mir fest, ganz fest in die Augen.

Eine tiefe Stille, die nicht einmal eine Fliege zu stören wagt: Man wartet darauf, dass ich mich äußere. Der Professor starrt eine Studentin an, eine gewisse Denise, die seit Semesterbeginn immer auf demselben Platz sitzt. Eine zu tiefe Stimme. Ein zu dichter Flaum auf der Oberlippe. Ich möchte etwas sagen. Denise, die Studentin, die von allen Professoren gut benotete Studentin möchte etwas sagen. Stille. Man hört ihr zu.

Ich möchte ... Ich möchte etwas ...

Die Stimme, die man gerade gehört hat, gehört nicht mir! Wem dann? Das ist nicht meine Stimme. Das ist alles. Meine Stimme ist tief, das ist wahr, das will ich nicht leugnen, aber nicht so tief! Diese Stimme kommt aus den tiefsten Tiefen. Ist eine Grabesstimme: Nein, das ist nicht meine Stimme. Das kann ich beschwören!

Stimmengewirr. Aggressives Gemurmel, vor mir, hinter mir, auf der Fensterseite, auf der Wandseite.

Verzeihung! Entschuldigen Sie! Ich muss gehen! Verzeihung! Ich muss weg! Danke!

Endlose Treppenstufen im Mittelgang, spöttische Blicke, die schmerzen wie Geschosse. Endlich bin ich draußen. Die Flügeltür schließt sich, der Professor nimmt seine Vorlesung wieder auf, natürlich ohne die Schwalbe, ohne den Mauersegler, denn ich bin ja gegangen, wir sind ja gegangen, wir, Denise und Paul gemeinsam.

Die Straße macht mir Angst. Nein, nein: Ich mache mir Angst. Genauer gesagt, Angst macht mir, was in meinem Inneren heranwächst, mit dieser heiseren Zugvogelstimme, die mir nicht gehört, das kann ich beschwören. Wer ist es? Ist es ein Mann? Es ist ein Mann. Ein Riese. Ein Fremder. Nie gesehen, nie gehört. Kenne ich nicht. Das kann ich beschwören. Was will er? Er will seinen Platz, den Platz, der für ihn vorgesehen ist. Bahnt sich einen Weg durch mein wucherndes Unkraut. Denn dort wohnt er.

Können die Leute ihn sehen? Die Leute sehen ihn bestimmt: Er ist ein Riese. Im Übrigen drehen sie sich nach ihm um. Glucksen. Hast du schon mal so ein Gesicht gesehen? Meine Güte, hast du schon mal so ein Gesicht gesehen?

Tatsächlich, ich sehe furchtbar aus. Ich war völlig entsetzt, als ich mein Foto in den Unterlagen für die Universität gesehen habe. Die Farce konnte nicht ewig dauern. Die Farce hat schon zu lange gedauert. Haben die Leute es gemerkt? Die Leute haben es gemerkt …

Was ist los? Was ist denn jetzt schon wieder los?

Nichts. Nichts … Doch, natürlich! Da ist doch was los!

Willst du es wirklich wissen? Ja. Ja. Also gut, dein Glied wird immer größer … Es wird zusehends größer! … Tatsächlich, ich spüre es, ich spüre, dass es größer geworden ist.

Können die Leute das sehen? Selbstverständlich sehen die Leute das, es ist riesengroß. Sie drehen sich übrigens schon um. Spöttische Blicke, die schmerzen. Geschosse.

Ich klappe den Kragen meines Regenmantels hoch. Ich beschleunige den Schritt und senke den Kopf, um den Blicken auszuweichen. Das Institut Richelieu ist nicht weit. Direkt zu den Toiletten. Schnell. Ich bleibe vor der Doppeltür stehen: »Herren« heißt es auf der einen, »Damen« auf der anderen. Nun geht das schon wieder los. Die Schwalbe widert mich an, der Mauersegler jagt mir Angst ein. Ich bleibe auf dem Flur stehen, und dort, zwischen den zwei Türen, öffne ich den Hosenschlitz. Nein, nichts. Nichts ist gewachsen. Das kann ich beschwören. Im Gegenteil, das winzige Glied scheint noch mehr zusammengeschrumpft zu sein als sonst. Es sieht aus wie eine Schnecke. Ich bin beruhigt, aber auch enttäuscht.

Wieder auf der Straße. Der Regenmantel von oben bis unten zugeknöpft, zur Sicherheit, aber da ist auch ein vager Hoffnungsschimmer. Ich habe Angst vor dem, was ich mir wünsche. Habe große Angst vor dem, was ich mir wünsche.

Der Fremde, der Zugvogel irrt wieder durch mein wucherndes Unkraut. Er ist so riesengroß geworden, dass ich mich ganz klein machen muss. Jetzt schrumpfe auch ich, verkrieche mich in mich selbst, um ihm Platz zu machen, ihm seinen Platz zu lassen, denn er wohnt in mir, hat sich in meinem Inneren häuslich niedergelassen. Mir bleibt nicht mehr viel Raum, nicht einmal genug, um mit ihm zusammen zu leben, mit ihm zusammen zu wohnen. Er ist jemand, der nicht gern teilt. Er will den ganzen Raum für sich allein, für seinen riesengroßen Körper mit dem gut sichtbaren, öffentlich anerkannten männlichen Geschlecht. Da ist kein Platz mehr für den Mauersegler und erst recht nicht für die Schwalbe. Das alles hat schon zu lange gedauert, und die Farce auch.

Das ganze Unkraut liegt flach, erdrückt vom Gewicht des neuen Bewohners. Ich bekomme keine Luft mehr. Ich ersticke. Ich hebe flehend den Kopf zum Himmel. Ich muss mich aufschwingen, wenn ich weiterleben will. Muss in die Höhen meines eigenen Ichs flüchten, in die höchsten Höhen meines Ichs.

Ich klettere an mir hoch und reiße mir dabei die Hände auf.

Glücklicherweise bin ich aus hartem Holz. Ich bin nicht schlaff wie die anderen Mädchen, bei denen man den Daumen reindrücken kann.

Ich schwinge mich auf. Ich atme. Ich steige zu den Wolken auf. Ich stoße auf Rauchspiralen, auf weiße, duftige Wirbel. Ich erkenne sie wieder: Es sind die Ringe, die mein Vater mit seinem Zigarillo in den Himmel malt.

Mit einem Stoß meiner schlanken Akrobatenbeine durchquere ich sie mühelos. Ich bin sehr hoch, ganz oben in mir selbst, ein glorreicher, unbesiegbarer Ritter. Meine Mutter dort unten ist ganz klein. Auch der Fremde ist ganz klein, trotz seiner riesengroßen Gestalt. Nie wieder herunterkommen. Mir ist nicht schwindlig. Denise! Komm herunter, mein Engel, sonst fällst du! Nein, ich falle nicht. Engel fallen nicht. Engel fliegen. Meine Mutter, ganz klein, die Hände nach mir ausgestreckt, steht am Küchenfenster und betrachtet mich stumm.

Ich bin am höchsten Punkt meiner selbst angelangt, am großen Trapez des Turngerüsts. Die Luft ist kälter. Halt dich gut an der Stange fest! Jetzt lass die Hände los! Ich lasse den Körper nach hinten fallen. In die Leere. Mit dem Kopf zuerst. Ich lasse die Hände los. Denise! Du fällst! Die Hand meines Vaters auf meinem Schenkel. Mir ist nicht schwindlig. Hast du meine Flügel gesehen, hm? Hast du sie gesehen? Ja. Ja. Ich habe sie gesehen! Irgendwann wage ich ihn ... den Sprung mit ausgebreiteten Flügeln wie ein Engel! Mein Vater antwortet nicht. Warum antwortet er nicht? Meine Mutter steht nicht mehr am Küchenfenster. Die Scheibe ist leer, kein Gesicht mehr dahinter.

Der Mann, der deinen Platz eingenommen hat. Er wird Geneviève mit seinem Glied, seinem Schwanz, seinem riesigen Pimmel erobern! Das kann ich beschwören.

Kann man herunterfallen, wenn ein schwarzer Gedanke die Flügel lähmt?

Ja, man kann herunterfallen.

Aus großer Höhe fallen, der Länge nach, ins flach liegende, platt gedrückte Unkraut ganz hinten in einem verwilderten Garten.

»Sie möchten mir etwas sagen?«

»Ja, Herr Doktor. Es ist mir sehr wichtig.«

»Dann schießen Sie mal los.«

»Ich möchte, dass Sie mir die Brüste operativ entfernen.«

Keine Antwort.

Antwortet nie, der Doktor. Drei Jahre ohne Antwort.

Ich habe gezählt. Ich kann zählen. Das kann ich beschwören.

Will nicht, dass es mir gut geht, der Doktor.

Angst. Er hat Angst.

Schrecklich. Schrecklich anzusehen, die Angst eines Doktors. Dagegen kann man nichts machen.

Wir machen uns Sorgen um ihn, meine Bewohner und ich. Wir möchten nicht, dass er solche Angst hat.

Angst wovor, übrigens? Das fragt man sich. Hat er Angst, dass ich noch kränker werde? Ja, vermutlich. Dass du noch verrückter wirst? Aber was ändert das? Ich bin ja schon verrückt. Man kann nicht noch tiefer fallen, wenn man schon ganz tief gefallen ist, nicht wahr? Das stimmt, du hast Recht. Ich sage ihm das. Sagst du ihm das, hm?

Die Brustoperation ist wichtig für mich. Ohne die Brüste ...

Mein Messer, hast du es? Ich finde mein Schweizer Messer nicht mehr. Ich brauche es, verstehst du das? Ohne die Brüste würde es mir gut gehen. Sagst du ihm das, hm? Ja, ich sage es ihm.

Meine Eltern, vor allem mein Vater, sind meiner Meinung. Auch meine Bewohner sind meiner Meinung. Das können wir beschwören.

Aber das nützt nichts, der Doktor gibt nicht nach. Er hat zu große Angst.

Ich gehe nach draußen. Der Garten des Heims ist schön, sehr schön: vorne Rasen, hinten ein verwilderter Obstgarten.

Ich mag die hintere Seite lieber. Hinten wuchert das Unkraut.

Ist das ein Kirschbaum? Nein, das ist mein Apfelbaum.

Das siehst du doch: Ich pinkele jedes Mal dagegen. Und denkst du dabei an deinen Vater? Ja, ich denke an meinen Vater. Und denkst du auch an Geneviève? Wer ist Geneviève?

Was machst du hier? Nichts, ich lege mich ins Gras. Es regnet. Mit dem Gras kann man sich unterhalten. Es versteht mich, antwortet mir. Hat keine Angst, mir zu antworten.

Wir schreien, schreien gemeinsam im nassen Obstgarten.

Schnecken kriechen zu meinem Mund hinauf,

dahin, woher die Schreie kommen. Auch die Schnecken verstehen mich. Sie trinken meine Worte von meinen Lippen, an der Mündung.

Nach dem Regen höre ich zu, wie mein Bart wächst.

Ich bin ein Engel. Ich bin alterslos und ein Engel.

Natürlich sagt das niemand, weder meine Mutter noch mein Vater, noch meine Bewohner und nicht einmal der Doktor, auch wenn er jedes Mal zusammenzuckt, wenn ich sein Büro betrete, als wäre ich gerade vom Himmel gefallen, aber ich sage es dem Badezimmerspiegel, der als Einziger die Wahrheit spricht und mich als Einziger nackt gesehen hat.

Im grellen Neonlicht sehe ich ganz genau, dass alles zueinander passt, Oben zu Unten, Unten zu Oben. Ich sehe ganz genau, dass ich ein Engel bin. Meine Schönheit verwirrt, tut den Augen weh.

Ich erinnere mich überhaupt nicht daran, wie ich gefallen bin, mit dem Kopf zuerst, aber ich vergesse nie den Besuch meines Ritters. Diese Geschichte interessiert den Doktor. Ich erzähle ihm, wie mich der Ritter in meinem Mädchenbett besucht hat. Der Finger auf meiner Spalte. Psst! Das rätselhafte Flügelrascheln. Psst! Und das Geschenk? Hast du ihm von dem Geschenk erzählt? Was für ein Geschenk?

Der Doktor fragt mich: »Sie haben ihn nicht gesehen, nicht wahr?«

»Nein, ich habe ihn nicht gesehen. Ich hatte die Augen geschlossen. Aber ich würde ihn wieder erkennen, da bin ich mir sicher, das kann ich beschwören!«

Wenn ich mich nicht gerade über irgendetwas aufrege, das ich nicht kenne, und, wie es scheint, mit dem Messer in der Hand gewalttätig werde, bin ich ein Engel. Ich sehe alles von oben. Die Höhe ist die richtige Entfernung zu mir. Die Höhe ist die richtige Entfernung zu den anderen. Meinen Bewohnern gelingt es nicht, mir bis auf diese Gipfel zu folgen. Ich lebe frei über den Dingen und der Welt. Ich begegne Mauerseglern, aber nie Schwalben. Nur die Mauersegler fliegen so hoch. Die Mauersegler sind wie ich: Auch sie trauen dem Boden nicht. Auch sie haben nicht das Recht zu landen. Ist dir nicht schwindlig? Nein.

Wenn du ein Engel bist, dann hast du also kein Geschlecht mehr? ... Warum antwortest du nicht? Du hast kein Geschlecht mehr, nicht wahr? Nun antworte doch! Na gut, dann eben nicht, niemand zwingt dich!

Er ist zurückgekommen. Ich erkenne ihn wieder. Er ist genau so, wie ich ihn mir vorgestellt habe. Ich war nicht auf seine Ankunft vorbereitet, aber so ist das eben mit Besuchern: Sie kommen immer dann, wenn man sie am wenigsten erwartet, und kündigen sich nie an.

Ich hatte nicht damit gerechnet, dass er in mein Zimmer kommt. Meine Bewohner schlafen. Nur ich bin wach.

Das Zimmer ist kaum beleuchtet. Nur über der Tür brennt eine Nachtlampe, aber sie ist so hell, dass ich ihn ankommen sehe.

Das Rascheln seiner Flügel ist unverwechselbar. Jetzt weiß ich auch, warum: Seine Flügel sind mit feinen Goldplättchen überzogen.

Er kommt vom Himmel. Fetzen duftiger weißer Wolken glitzern wie Rauchringe auf seinen Schultern. Er muss wohl meinem Vater begegnet sein.

Mein Ritter ist auch ein Engel. Der Racheengel. Er schwingt seine blitzende Lanze über meinem Kopf. Aber ich habe keine Angst. Er kommt, um mich zu rächen. Für mich hat er seine Rüstung angelegt. Er ist schön mit seinem fast durchsichtigen Haar unter seinem Helm aus Wut.

Er will, dass ich ihn ansehe, die Augen weit öffne. Sein Zorn ist sein Geschenk. Es ist für mich bestimmt. Die Brustoperation ist wichtig für mich. Ohne Brüste würde es mir gut gehen. Mein Vater und meine Mutter glauben das auch. Sie haben sie wachsen sehen, wie mich und meine Sorgen, ohne etwas dagegen tun zu können, weder gegen die Brüste noch gegen die Sorgen.

Zum zweiten Mal kommt mir der Racheengel mit seiner Lanze zur Hilfe. Zum zweiten Mal ist sein Geschenk eine Lanze. Die Lanze stößt gleich zu. Psst! Die Lanze stößt gleich zu …

Hast du das gemacht? Ich weiß es nicht. Weiß gar nichts. Ich habe nichts gegen die Katze, die Katze aus dem Heim. Ich habe mit ihr in dem verwilderten Obstgarten gespielt, das ist alles. Man darf keine Katzen quälen! Psst!

Isabelle gleicht Ophelia. Findest du nicht, dass sie mit dem langen Vorhang ihres blonden Haars eher Geneviève gleicht? Ja, sie gleicht Geneviève, aber Geneviève ist normal, zu normal. Du erinnerst dich also an sie? Natürlich … Ich erinnere mich sehr gut.

Man hat mir Musselin gegeben, weißen Musselin, um ein Kleid daraus zu schneidern. Ich habe noch nie ein Kleid genäht. Ich habe mehrere Tage dafür gebraucht. Ich habe es für meine Prinzessin genäht, die nicht da ist. Es gleicht dem Kleid, das ich in *Letztes Jahr in Marienbad* gesehen habe. Dieser Film mit seinen vielen Bewohnern hat mir gut gefallen.

Ich bin ein Prinz ohne seine Prinzessin. Ein Prinz mit Prinzessin wäre kein Prinz mehr. Und ich bin immer noch schön. Meine Schönheit verwirrt, tut den Augen weh.

Isabelle und ich begegnen uns gern auf dem Flur, der zu den Zimmern führt. Das Männliche und das Weibliche ist auch bei ihr nicht so recht klar. Vielleicht ist das der Grund, warum wir uns oft anblicken.

Isabelle hat das Musselinkleid gesehen. Sie will es haben. Ich zögere. Eigentlich ist das Kleid für niemanden gedacht. Isabelle weint. Sie weint wie eine

Frau, ihre Tränen rinnen herab. Ich schenke Isabelle das Kleid.

Isabelle zieht sich heimlich in meinem Zimmer aus und streift sich das durchsichtige Musselinkleid über den nackten Körper, den man unter dem dünnen Stoff ahnt. Ich löse den Knoten ihres langen Haars. Isabelle gleicht in meinem weißen Musselinkleid Ophelia noch mehr.

Ich erkläre Ophelia ganz genau, was sie zu tun und zu sagen hat.

Isabelle ist eine ausgezeichnete Schauspielerin. Sie entfernt sich ganz langsam wie im Film von mir und flüstert, ohne sich umzudrehen, den Satz, den sie auswendig gelernt hat: »Meine Mädchenspalte bebt wie ein Musselinschleier in der Meeresbrise.«

Mehrere Male spielen wir diese Abschiedsszene, den Abschied von den Frauen, die Szene des verlassenen Prinzen, bis ich aus tiefster Kehle stöhne, die Tränen herunterschlucke.

Auf der Rasenseite des Heims habe ich ein Musikzimmer entdeckt, das fast immer leer ist und in dem ein Klavier steht. Niemand spielt hier wirklich Klavier. Ich gehe oft in das Musikzimmer, nehme ein Buch mit, das ich nicht öffne. Ich kann nur in der Bibliothek lesen, wenn ich nicht zu müde bin. Die Müdigkeit ist zu meinem einzigen wirklichen Leiden geworden.

Ich habe mir den Sessel ganz hinten im Musikzimmer ausgesucht, von dem ich das schwarze Klavier im Auge behalten kann. Es ist der Sessel meiner Mutter. Von dort verfolgen wir beide die Klavierstunde.

Du spielst also? Nein, ich spiele nicht, ich sehe nur zu, wie ich spiele. Ich muss die Augen offen halten. Wenn ich nicht genug aufpasse, stecke ich plötzlich in einem weiten Kleid, das ordentlich zu beiden Seiten des Hockers herabhängt. Der ganze Firlefanz.

Ich sehe lange zu, wie ich auf dem Hocker vor dem geschlossenen Klavier sitze. Jedes Klavier muss geschlossen sein. Das kann ich beschwören.

Du willst also nie mehr spielen? Lass uns zufrieden, sonst bringst du meine Mutter wieder zum Weinen!

In der Bibliothek habe ich mehr Ruhe. Ich verbringe dort ganze Tage mit einem aufgeschlagenen

Buch auf den Knien. Ich habe eine Vorliebe für Gedichte, aber nur für eine bestimmte Art. Ich verstehe nur die, die ich nicht verstehe: aufbrausende Töne, blitzendes Licht oder Feuer. Ich lerne Sätze auswendig, deren Sinn sich mir verweigert, in die ich beißen, die Fingernägel graben kann. Ich liebe die Brutalität in den Worten, meine eigene Gewalttätigkeit jedoch immer weniger. Der Doktor ist zufrieden. Der Doktor meint, dass mir die Bibliothek gut tut. Er hat mir den Schlüssel dazu anvertraut.

Man fragt mich um Rat bei der Wahl eines Buches, als gehörten die Bücher mir persönlich. Ich komme und gehe, habe den Schlüssel zu den Büchern statt des Schweizer Messers in der Tasche, das man schon vor langer Zeit meinem Vater zurückgegeben hat, wegen der Katze vom Heim und noch anderer Dinge, über die ich nicht sprechen möchte.

Ich habe den Eindruck, dass ich in meiner Hosentasche den Schlüssel zum Wissen habe, dabei weiß ich nichts. Ich weiß nicht, wer ich bin. Ich weiß nicht einmal, ob ich Lust habe, es zu wissen. Ich bin müde. Es ist ermüdend, müde zu sein.

Ich habe kein Messer mehr in der Hand: Ich habe keine Hand mehr. Ich schreie nicht mehr: Ich habe keine Stimme mehr. Ich beiße nicht mehr: Ich habe keine Zähne mehr. Ich weine nicht mehr: Ich habe keine Kehle mehr, um zu stöhnen und die Tränen herunterzuschlucken. Ich habe keinen Körper mehr. Weder Engel noch Prinz, kein Körper mehr. Ich bin ein Gedanke. Ein reiner Gedanke. Kein Körper mehr, kein Hindernis. Nichts mehr, das mich belastet, nichts mehr, das sich mir in den Weg stellt. Ich bin den lästigen Körper los. Ein freier Gedanke. Staune, dass ich nichts mehr empfinde, dass mir nichts mehr wehtut. Ich mag diese Abstraktion, die bewirkt, dass ich nichts mehr spüre. Mein Körper, falls es ihn noch gibt, ist mir nicht mehr zugänglich, als sei er durch mein langes Streben nach den Gipfeln von der Höhe verschluckt und aufgesaugt worden.

Seit mir alles Gegenständliche entflohen ist, ist alles einfach geworden. Das Leiden hat mich zur gleichen Zeit verlassen wie mein Körper. Das Leiden war also in meinem Körper. Wenn das Wahnsinn ist, dann bin ich mit diesem Wahnsinn einverstanden, will mein ganzes Leben damit verbringen, nichts mehr zu spüren, nicht einmal die Müdigkeit der Irrealität! Im Gegenteil, dafür sorgen, dass der Wahnsinn lange anhält.

Im Badezimmerspiegel nichts mehr sehen außer der gegenüberliegenden Wand, die ebenso weiß ist wie meine Erinnerung an mich.

Eine weiße Wand eines Hauses mit vier Wänden werden, ohne Fenster und ohne Tür, um hinein- oder hinauszugehen.

Sich in vier Wände einmauern und das Grab verschließen.

Auf der Grabplatte nur das Irrlicht des Denkens aufflackern lassen.

Der Doktor ist zufrieden mit mir, denn ich habe mich beruhigt. Der Doktor ist zufrieden mit dem artigen Gespenst in vier Wänden, die ebenso weiß sind wie meine Erinnerungen an mich. Möchte jemand eine Frage stellen? Nein? Umso besser, ich würde sie nicht hören: Ich habe keine Ohren mehr. Ja ja, ich bin verrückt.

Nachdem ich so lange Zeit – wie man mir sagt – in dem Heim verbracht habe, mal auf der Rasenseite, mal auf der Seite des verwilderten Obstgartens, scheint jeder mit jedem einverstanden zu sein: ich mit meinen Bewohnern, der Doktor mit mir, ich mit meinen Eltern, meine Eltern mit dem Doktor, der Doktor mit sich selbst.

Man erwägt anscheinend, dass ich Ausgang bekomme, zunächst einmal ein paar Stunden am Tag. Isabelle darf das Heim nicht verlassen. Man kann ihr das Musselinkleid nicht mehr ausziehen. Sie sagt, es sei ihre Haut, die man ihr vom Körper reiße, und schreit vor Schmerz, als würde man ihr die Haut abziehen, wenn man sie auszieht, um beide zu waschen, das Kleid und sie.

Ich weiß, was Isabelle mit ihrer Haut empfindet. Mir passiert es noch immer, dass ich mich von meiner löse. Ich habe vor kurzem geträumt, dass ich mit einer Biologiestudentin, die mir gefiel und der ich gefiel, im Kino war. Wir schwänzten den Philosophiekurs, um uns im Dunkeln zu treffen, so dringend war unser beider Verlangen. In dem Augenblick, als ich meine Hand in ihre Spalte gleiten ließ, spürte ich, wie meine Haut sich löste, aber diesmal so plötzlich, dass ich mich nicht einmal verschwinden sah. Ich löste mich von mir selbst, mit der Hand in der Leere, einer bodenlosen Leere. Meine Studienfreundin, die mit hochgeschobenem Rock neben mir saß, drehte sich erstaunt zu mir um. Sie konnte nicht begreifen, dass ich nicht mehr da war. Sie konnte nicht begreifen, dass zwischen ihr und mir als einzig Reales die Irrealität existierte.

Nach der Geschichte im Kino konnte ich zehn Tage und zehn Nächte nicht mehr schlafen. Meine Mutter und mein Vater lösten sich weinend am Bett ihres Sohnes ab, der wie betäubt war, kaum wieder zu erkennen, und vor ihren Augen dahinsiechte wie ein Häufchen Elend, als zehre ihn eine unbegreifliche, unsichtbare Kraft von innen auf.

Ein Albtraum, dieser Traum. Ein weiterer Albtraum.

Als ich dem Doktor diesen Traum erzählte, sagte er erstaunt: »Aber diese Geschichte im Kino haben Sie doch erlebt! Und auch die Schlaflosigkeit haben Sie erlebt. Das war sogar Ihre einzige Erinnerung, als Sie hier eingeliefert wurden! ...«

Ich war ziemlich verwirrt über das, was mir der Doktor sagte. Wenn ich wieder Kontakt mit der Welt habe, wird es also Dinge wie diese Geschichte da geben, von denen ich nicht weiß, ob ich sie erlebt habe oder nicht ...

Soll ich dir helfen? Wie bitte? Möchtest du, dass ich dir helfe? Nein, danke, du schon gar nicht!

Ich habe sie nicht gezählt. Vermutlich waren es viele, eines nach dem anderen, eines über dem anderen. Vorn viel gemähter Rasen. Hinten viele neue verwilderte Apfelbäume. Viele neue Doktoren im Büro des Doktors. Viele neue Mauersegler in den Höhen, Kinder, Enkelkinder der Mauersegler. Viele aufgeschlagene Bücher auf vielen Knien in der Bibliothek. Viele weiße Mauern im Badezimmerspiegel. Viele abwesende Hände, Kehlen, Zähne und Ohren. Viel Abwesenheit.

Ich habe nicht gezählt. Andere haben vielleicht für mich gezählt, andere, die Finger haben. Andere, deren Erinnerung nicht wie meine Erinnerung eine weiße Mauer ist. Irgendetwas sagt mir, dass mein Vater und meine Mutter die Jahre gezählt haben, die Zeit meiner Abwesenheit von der Welt, als sei ich noch nicht geboren, als sei ich noch das Kind, das ihnen geboren wird. Meine Eltern erwarten mich vielleicht. Sie warten darauf, dass ich herauskomme. Aus mir herauskomme. Geduldig warten sie vielleicht darauf, dass ich die Stellung einnehme, die richtige Stellung, um zu ihnen zurückzukehren: Mit dem Kopf zuerst.

»Na, Paul, wie fühlst du dich?«

Mein Vater steht vor der Tür des Zimmers, das er für mich eingerichtet hat und in dem ich wohne, wenn ich nicht im Heim bin.

Diesem Vater ist schwer zu erklären, dass ich mich wohl fühle, und zwar gerade deshalb, weil ich mich nicht vollständig fühle. Und dass ich mich, wenn ich mich vollständig fühlte, sehr schlecht fühlen würde.

»Gehst du in die Stadt? Hast du deine Brieftasche dabei?«

»Ja, ich gehe in die Stadt. Mach dir keine Sorgen. Ich mache nur einen kleinen Spaziergang. Ich habe meine Brieftasche dabei.«

Mein Vater macht sich zu Recht Sorgen über meine kleinen nächtlichen Spaziergänge. Ich bin der Einzige, der sich nicht um mich sorgt.

Ich sehe auf der Straße noch einmal in meiner Brieftasche nach. Auf ein Rezept, das mit einer Heftklammer an meinem Personalausweis befestigt ist – dem Personalausweis, in dem noch immer Denise steht –, hat der Doktor ein Wort geschrieben, das mich ziemlich ratlos macht: »Maskulinisierungssyndrom«, wohl für den Fall, dass dieser seltsame Mann in der Öffentlichkeit Aufsehen erregen sollte. Ein Syndrom also, na, von mir aus ...

Ich gehe nachts gern nach Pigalle. Dort treffe ich vor den Nachtlokalen andere Syndrome, die mich ein bisschen über das meine beruhigen, dann kehre ich zu meinem Vater zurück, der allein lebt, oder ins Heim, wo ich noch immer ein Zimmer habe.

»Nanu, was bist du denn?«

Ich zucke zusammen. Ich habe sie nicht kommen sehen. Sie sind zu viert: offensichtlich Zuhälter, und der, der mich angesprochen hat, ganz eindeutig. Er ist der Anführer.

Ich höre, wie ich einen Satz erwidere, der mich selbst überrascht: »Eigentlich bin ich eine Frau, aber ich bin keine Frau, weil ich ein Mann bin.«

Ich bin dreißig Jahre alt und verrate zum ersten Mal irgendwelchen Unbekannten, noch dazu ziemlich zwielichtigen Gestalten, das Geheimnis meines Daseins, als wäre es bloß eine Anekdote.

Man muss mir meine Aufrichtigkeit wohl angemerkt haben. Die vier Männer sind überraschend freundlich und laden mich zu einem Drink in ein Bistro im Bahnhof Saint-Lazare ein, das die ganze Nacht geöffnet ist, und ich beginne zu erzählen ... Ich erzähle ihnen alles, von unten nach oben, bis zu den Gipfeln meines Wahnsinns, von oben nach unten, bis in den Abgrund der Qual.

Einer der Zuhälter, scheinbar der gemeinste, der hartgesottenste, weint wie ein Mädchen, ohne die Tränen herunterzuschlucken.

In den frühen Morgenstunden gehen wir als Freunde auseinander. Sie danken mir dafür, dass es mich gibt: »Es ist toll, jemanden wie dich kennen gelernt zu haben!« sagt der Anführer zu mir und umarmt mich.

Ich bleibe völlig verdutzt hinten in dem menschenleeren Bistro im Bahnhof Saint-Lazare sitzen und frage mich, ob ich nicht träume, ob mir meine unzuverlässigen Sinne nicht schon wieder einen Streich gespielt haben, denn noch nie hat mir jemand dafür gedankt, dass es mich gibt.

Anscheinend kann also auch ich, körperlich und geistig durcheinander geraten wie ich bin, für den Lauf der Welt von Nutzen sein und durch meine Unordnung der Ordnung der Dinge dienen. Obwohl ich nur noch sehr wenig empfinde, habe ich den Eindruck, gerührt zu sein, die gleiche Rührung zu spüren wie meine Gefährten aus dem Milieu, eine Erregung, die ich kaum noch kenne, da ich schon seit so vielen Jahren nichts dergleichen mehr gespürt habe ...

Zum zweiten Mal in dieser Nacht zucke ich zusammen, komme aus weiter Ferne in die Realität zurück: An meinem Tisch sitzt ein junger Mann mit einer Gitarre in der Hand. Wie lange schon, weiß ich nicht. Die Kellner in unserer Nähe stoßen sich mit dem Ellbogen an. Vermutlich fragen sie sich, ob ich ein Er oder eine Sie bin. Sie würden sich bestimmt wundern, wenn sie erführen, dass ich beides bin! Es muss wohl an dem Dank liegen, dass mir zum Lachen zumute und so leicht ums Herz ist, eine Leichtigkeit, die ich aus den gleichen Gründen ebenso wenig noch kenne wie die Rührung.

Das Unglaublichste dabei ist, dass ich schon wieder damit anfange. Damit anfange, dem jungen Mann alles von mir zu erzählen, von oben nach unten, von unten nach oben. Es sieht fast so aus, als fände ich Geschmack daran, als interessierte mich mein eigener Bericht, als erstaunte mich mein auf diese Weise zur Schau gestelltes Abenteuer genauso wie den jungen Gitarristen.

Alles geht sehr schnell, zu schnell. Die Maßlosigkeit überwältigt mich, reißt mich mit und auch alle meine Hemmungen. Der junge Mann möchte die Sache sehen. Ich sage ja.

Und schon gehen wir beide unter den spöttischen Blicken der Kellner, die glauben, alles verstanden zu haben, in Wirklichkeit aber nichts verstehen, zu den Toiletten.

Ob sie sich die Szene wohl vorstellen können? Ich, mit heruntergelassener Hose, und der junge Mann, der vor mir kniet und fragt, ob er mich anfassen darf. Ich sage ja, und der junge Mann tastet mich mit seinen für Harmonie empfänglichen Musikerfingern ab, meine ganze Disharmonie, all meine Unstimmigkeiten: das winzige Glied, die fehlenden Hoden und dann die Wunde, den Riss eines Mädchens. Er tut es sanft, höflich, entschuldigt sich fast dabei, ohne die geringste Zweideutigkeit, ohne die geringste Perversität, nur um zu verstehen, was für ein seltsames Wesen ich bin, um zu erfahren, wozu die Natur fähig ist, wenn sie die Orientierung verliert, den Norden und den Süden durcheinander bringt, er, der aus dem Süden kommt und Flamenco spielt.

»Und da kommt man nicht rein?« fragt er nüchtern, während sein Finger dort liegt, wo Denise schlummert, auf der winzigen Spalte.

»Versuch's ruhig, dann merkst du es!«

Und der Musikerfinger, dem keine Saite widersteht, stößt in meinem Mädchenmund auf Widerstand. Niemand außer meinem Besucher hat sich je dorthin gewagt.

Der junge Mann steht wieder auf. Er ist ganz blass.

»So ein Wesen habe ich noch nie gesehen!« sagt er und blickt mich mit ungläubigen Augen an, während ich mich wieder anziehe.

Ich will nicht behaupten, dass ich stolz bin, aber die Tatsache, dass ich zweimal in derselben Nacht einen Unbekannten fasziniert habe, und zwar ausgerechnet aufgrund meiner Unwürdigkeit, fasziniert auch mich.

Ich lächele ihm zu: Auch ich habe noch nie solch ein Wesen gesehen, abgesehen von mir ... Warum habe ich plötzlich zum ersten Mal in meinem Leben den Eindruck, dass ich heute Nacht mehr als ein Monster bin, eher ein seltenes Phänomen, nicht in dem Sinne, wie man es von einem Vogel sagt – ich will nicht mehr fliegen –, sondern von einem kostbaren Gegenstand, einem Kleinod?

Andere Kellner bringen uns nun Kaffee, Kaffee für ganz normale Menschen, für Arbeiter, die Frühschicht haben. Dem Musiker und mir fällt die Trennung schwer.

»Willst du für meine Freunde im Heim spielen?«

Er ist sogleich einverstanden, ohne zu wissen, wer meine Freunde sind und was für ein Heim in einem fernen Vorort das ist, zu dem uns der erste Zug im Morgengrauen bringt ...

In dem schlafenden Heim hören ein paar Verrückte im Pyjama Flamenco.

Mein Vater hat es mir schließlich gesagt: Meine Mutter ist krank. Sie ist irgendwo bei einer Cousine und liegt im Sterben. Ich will sie sehen. Mein Vater zögert. Ihretwegen? Meinetwegen? Er zögert. Ich will sie unbedingt sehen. Da zögert er nicht mehr.

Die Cousine und ich entscheiden uns schnell: Ich werde meine Mutter pflegen.

Ich setze mich auf den Bettrand. An ihrem Bett zu sitzen erinnert mich an die vielen Male, die sie an meinem Bett gesessen hat.

Ein Sterbebett hat nichts mit anderen Betten gemein. Es ist eine kleine Mauer mit ungehindertem Blick auf den Tod. Eine ganz eigentümliche Landschaft. Ich habe keine Angst davor: Der ungehinderte Blick auf den Wahnsinn ist nicht viel anders. Wir blicken uns an, meine Mutter und ich: Das Leben zieht an uns vorüber. Sie sieht noch einmal die unterschiedlichen Wesen in mir, die ich nacheinander war, ich sehe in ihr die immer gleiche Mutter, die sie für mich war. Für mich ist die Sache einfacher.

»Wie geht es dir, mein Sohn?«

»Es geht ... ein ständiges Kommen und Gehen ...«

»Mit mir geht es zu Ende, das weißt du?«

»Ja. Deshalb bin ich gekommen.«

Und das stimmt. Es stimmt, dass ich, weil mich ihr Leib hervorgebracht hat, das Leiden dieses Leibs besonders gut verfolgen kann.

Im kranken Leib meiner Mutter hat jemand, der ihren Tod will, meinen Platz eingenommen. Jemand, der meinen Platz will, versucht mich auszustoßen.

Ich umsorge sie. Kämpfe gegen den Eindringling. Tag und Nacht verfolge ich ihn mit immer größerer Hingabe, obwohl ich weiß, dass meine Mutter und ich verloren haben. Ich habe gelernt, gegen den unsichtbaren Feind zu kämpfen, habe auch gelernt, nicht gegen ihn zu gewinnen. Ich spüre dem Leiden in allen Winkeln dieses Leibs nach, dem ich meine Unvollkommenheit verdanke. Ich will für meine Mutter, mit der es zu Ende geht, der beste Sohn sein, den es gibt, und bin es schließlich auch.

Meine Mutter scheint sich über meinen Eifer zu wundern. Eines Morgens hält sie mit schwachen Fingern meine Hand fest, die ihr Haar kämmt: »Ich hätte nie gedacht«, sagt sie zärtlich zu mir, »dass du dich mir so nahe fühlst. Ich dachte, du liebtest nur deinen Vater.«

Ich erwidere nichts, da sie Recht hat.

Je weiter sich meine Mutter entfernt, umso näher kommen wir uns. Sie weiß, dass sie kaum noch lebt und ich nicht völlig genesen bin. Manchmal sehe ich, wie sie auf der anderen Seite der kleinen Mauer hinabgleitet, und sie sieht, wie ich zu den Höhen meiner selbst hinaufsteige, wobei sie knapp dem Tod entgeht und ich dem Wahnsinn. Das Leid, an dem ich kranke, hat sie in sich getragen. Es ist ihr vertraut. Und ich mache mich mit ihrem Tod vertraut.

Selbst wenn uns vorübergehend eine Atempause vergönnt ist, reden wir nicht über meine Einzigartigkeit. Ihr Sohn ist an ihrer Seite, der Sohn, den sie schon immer gehabt hat, und in manchen Augenblicken sogar, was noch besser ist, ihr eigener Vater. Meine Mutter sagt, ich erinnerte sie an den Vater, den sie nicht gekannt hat. Ich akzeptiere, zwei Männer gleichzeitig zu sein, auch wenn ich eigentlich nur ein halber Mann bin.

Ein Sohn und ein Vater, sie reichen kaum aus, um der Mutter beim Sterben zu helfen. Dafür zu sorgen, dass sie sich nicht an den scharfen Kanten der kleinen Mauer verletzt, die sie vom Tod trennt, und ohne Schmerzen hinabspringt, während ihr Sohn an ihrer Seite sitzt. Aber noch hält er sie zurück.

Eine Morgens begreife ich, dass es so weit ist, spüre, dass sie den Sprung bald wagen wird, denn sie sieht mich als Mädchen wieder, als kleines Mädchen.

»Komm von der Mauer herunter, sonst fällst du noch!«

Da schmiege ich mich an sie, schlüpfe unter das vom letzten Angstschweiß der Mutter feuchte Laken.

Als sie gerade von der kleinen Mauer springen will, denkt sie wieder an Denise, ihre Kleine, um die sie sich sorgt, die Kleine, die ihr allein gehört.

Ich, ihr Sohn, der zugleich ihr Vater ist – der doppelte Mann –, gehe auf ihren letzten Wunsch ein, wieder zu Denise zu werden. Ich mache ihr dieses Geschenk, damit sie nicht mit leerem Bauch davongeht, ohne die Kleine, die sie getragen und schließlich verloren hat, als Paul kam, diese Kleine, die nicht meine Feindin ist, das Mädchen mit der zu hohen Stirn, das vom Gift der Qual zerfressen wird. Mit der kleinen Denise habe ich mich ausgesöhnt. Vor meinem Fall in das wuchernde Unkraut vor langer Zeit habe ich sogar mit ihr gespielt, aber ich weiß nicht mehr, was oder womit.

Mutter, ich bin deine kleine Tochter. Du kannst mich an dich drücken, ohne dich vor der Brutalität der Menschen fürchten zu müssen. Drücken wir uns fest die Hand. Ja, wir machen ihn noch einmal, den Spaziergang durchs Dorf, in der dreiviertellangen Hose, der Bluse und der gleichfarbigen Mütze mit zwei angenähten Klappen, die genau auf meine Ohren passen, und zu allen, die mich für einen Jungen halten, kannst du sagen, das verspreche ich dir, zu ihnen kannst du sagen: »Das ist kein Junge, das ist ein Mädchen!« Und dann platzen wir beide los, das verspreche ich dir, ja, dann platzen wir los vor Lachen.

Ich kenne nicht einmal den Namen der bezaubernden Person, die mich in diese Künstlerwohnung mitgenommen hat. Hier wird alles getauscht: Worte, Sinnenfreuden, Betten. Hier weht ein Wind der Freiheit, der lebenswichtig für mich geworden ist, denn meine eigene Freiheit ist sehr begrenzt, mein Kopf und mein Körper kennen keine Leichtigkeit, das Gefühl meiner Grenzen und meiner Unvollkommenheit erschöpft mich, und es kommt vor, dass ich mich in Nebelwelten gleiten lasse, so wie man unter ein Laken gleitet.

Früher hat mich meine Verrücktheit erschöpft, heute dagegen sind meine Abwesenheiten erholsam. Ich überlasse mich dem Wahnsinn, so wie man sich dem Schlaf überlässt, um wieder zu Kräften zu kommen und wieder gesund zu werden.

Die bezaubernde Person muss mich wohl getroffen haben, als ich im Stehen schlief, unter meinem Laken des Nebels.

Ich weiß nicht, was ich ihr erzählt habe, was sie von meiner Geschichte kennt, mit der ich immer noch gern Wirkung erziele, aber nur bei Unbekannten, die ich nie wieder sehe. Sie hat mir von einer gewissen Flore erzählt, der sie mich um jeden Preis vorstellen will.

Die bezaubernde Person führt mich durch ein

Gewirr von schwach erleuchteten Zimmern, in denen die Leute rauchen, trinken und Musik hören. Die Blicke bleiben auf mir ruhen, während wir uns zwischen den Körpern hindurchschlängeln, die sich auf Kissen räkeln. Ich bin ein neues Gesicht. Ein merkwürdiges Gesicht.

Die bezaubernde Person führt mich so sicher, so bestimmt durch dieses Labyrinth, dass ich den seltsamen Eindruck habe, meinem Schicksal entgegenzugehen, als warte irgendetwas oder irgendjemand am Ziel der Reise auf mich, auf mich und niemand anderen.

Ich weiß schon, dass vor und nach dem Zusammentreffen mit diesem Irgendetwas oder Irgendjemand alles anders sein wird. Die Mutter meiner Mutter, die ich nicht wieder gesehen habe – sie ist nicht einmal zur Beerdigung ihrer Tochter gekommen –, hätte vermutlich von »Vorahnung« gesprochen …

Die Vorahnung ist so stark, dass ich mich von mir selbst löse: Ich sehe, wie ich immer schneller auf das zulaufe, was mich erwartet. Ganz hinten in dem Zimmer, dem letzten natürlich, ist jemand aufgestanden und kommt auf mich zu. Mein Schicksal.

»Flore, das ist Paul, von dem ich dir erzählt habe, weißt du …«

Schwarze, durchdringende Augen. Ich sehe nur sie. Kennen diese schwarzen Augen die Wahrheit? Ja, sie kennen die Wahrheit. Durchbohren sie dich?

Ja, sie durchbohren mich, von oben bis unten, von unten bis oben. Was sehen sie? Alles. Was heißt das? Alles. Den Wirrwarr? Den Wirrwarr. Den Wahnsinn? Den Wahnsinn, alles ...

»Paul, fühlen Sie sich jetzt besser?«

Zu den Augen gehört auch ein Mund und dann eine Hand, die sich auf meine Hand legt.

»Nein ... Ja ... Ich fühle mich wohl, und zwar gerade deshalb, weil ich mich nicht vollständig fühle. Wenn ich mich vollständig fühlte, würde ich mich sehr schlecht fühlen.«

Ihr kann ich alles sagen.

Ich liege unter einem duftenden Laken, unter einem Laken im Schlafzimmer einer Frau. Ich bin nackt. Sie hat alles gesehen.

Flore la Passion sagt, dass sie alles an mir liebe, auch den Wahnsinn. Sie sagt, dass ich sie als Ganzes fessele und fasziniere, mitsamt meinem Wirrwarr. Sie sagt, dass ich für sie ein Genie, ein Wunderwesen sei. Sie sagt, sie wolle nicht, dass ich mir wegen meiner Absonderlichkeit noch immer Angst mache. Sie sagt, dass ich die Vollkommenheit in Person sei, weil jedes Wesen auf der Suche nach Perfektion ist und ich sie gefunden habe, sie in mir trage. Sie sagt, dass man mich bei den alten Griechen als Halbgott verehrt hätte und dass ich ihr Gott sei. Sie sagt, dass sie meine Helligkeit, das besondere Licht brauche, das meine Worte und meine Gesten umgibt. Sie sagt, dass ihre langjährige Erforschung der Anomalien aller Sinnesreize, die hohen Ansprüche ihres Denkens und ihres Wissens sie zu mir führen mussten, da ich die Erfüllung, die Antwort darauf sei.

Flore rühmt meine Monstrosität wie ein gelöstes Rätsel. Und ich, das lebende Rätsel, das halbgottähnliche Monster glaube sogar manchmal daran. Es kommt vor, dass ich mich mit Flores schwarzen, durchdringenden Augen sehe, mein eigenes Abbild vergöttere, vor ihm in Ekstase gerate wie an jenem Tag, als ich mich aus allen Blickwinkeln im Spiegel fotografiert habe, ohne aufhören zu können, da mein Körper völlig vom Gefühl meiner Schönheit erotisiert war, und dass mir die Freude über diese Schönheit rasende Lust verschafft, wenn auch nicht mit meinem Glied – der Höhepunkt der männlichen Lust ist mir versagt, kein erlösendes Sperma wird je aus mir hervorspritzen –, sondern mit allen Fasern meines Ichs, das meine Perfektion und meine Ungewöhnlichkeit zur Gewissheit erheben will.

Aber diese Augenblicke der Seligkeit sind teuer bezahlt. Flore tut alles, was sie kann, um mich mit meiner weiblichen Seite zu versöhnen. Sie ermutigt mich, über das kleine Mädchen zu sprechen, das ich gewesen bin und das zwangsläufig noch ein bisschen in mir steckt, auch wenn ich mich dagegen wehre und dieses abscheuliche Geschlecht verleugne, das Flore jedoch nie in den Augenblicken der Umarmung erwähnt, wenn mich nur meine Männlichkeit beschäftigt und meine stets verborgenen Brüste ihr verwehrt bleiben. »Du bist feinsinnig und eroberungslustig«, sagt sie dann zu mir. »Du brauchst die Männer um nichts zu beneiden.« Aber während meine Hände sie zur höchsten Lust bringen, errate ich, dass Flore an meine heilige Unordnung denkt, und weine in ihren Armen, schlucke die Tränen herunter. Werden sie denn nie fließen? ...

Mein Vater, bei dem ich seit dem Tod meiner Mutter nicht mehr wohne, ist von Flores Persönlichkeit, der südländischen Schönheit meiner Metaphysikerin, meiner zehn Jahre älteren Priesterin stark beeindruckt. Wenn mein Vater meine Eroberungen bewundert, pinkele ich am weitesten und am stärksten an unseren blühenden Apfelbaum.

Max dagegen, der im Gegensatz zu Geneviève – der davongeflogenen Schwalbe – meinem endlosen Fall in das wuchernde Unkraut widerstanden hat, leidet etwas unter Flores Leidenschaft. Dabei komme ich zu ihm, wenn ich mir wieder einmal vor dem Spiegel Angst mache, komme zu ihm, wenn mir alles Gegenständliche entflieht, wenn ich keine Hände mehr habe, keine Stimme, keine Kehle, keine Ohren, wenn ich meinen Körper verlasse.

Dann bleibe ich mehrere Tage und Nächte auf dem Sofa im Wohnzimmer liegen, während Max bei mir sitzt und darauf wartet, dass ich mich wieder in meinem Körper einfinde, ohne etwas anderes von mir zu erwarten als meine sinnentleerte Anwesenheit.

Als Erste finden immer meine Hände das Bewusstsein wieder, kehren in die Wirklichkeit zurück. In meinen Händen steckt eine Energie, die ich nicht vollständig beherrsche, ein Lebenswille, der meine Kräfte übersteigt, der Wille des stürmischen, erfindungsreichen Liebhabers natürlich, aber auch noch etwas anderes, das sich mir heute entzieht …

Ich bin, wie es scheint, ganz blass, wenn ich in meinen Körper zurückkehre. Es ist die Blässe, wie Flore sagt, von jemandem, der gesehen hat, ohne zu sehen, und gehört hat, ohne zu hören.

Von diesen unvorhersehbaren Abwesenheiten kehre ich erfüllt von sprühenden Einfällen wieder, die ich Flore schenke. Sie stellt sie in eine Vase an den Fuß unseres Betts, in dem wir uns stundenlang unterhalten. Sie stellt mir Fragen. Sie will hören, was ich nicht gehört, sehen, was ich nicht gesehen habe. Diese Buketts aus Geheimnissen berauschen ihr Kopf und Sinne, sodass sie schließlich mehr über mich weiß als ich selbst. Flore, meine Metaphysikerin, meine Priesterin lernt auf meiner Wand zu lesen, die weiß ist wie die Erinnerung an mich, auf der Wand des Hauses mit vier Wänden ohne Fenster und ohne Tür.

Sie sagt, sie möchte den Schleier des Geheimnisses lüften, der das Verlassen meines Körpers umgibt, um mich noch mehr lieben zu können und sich der Leidenschaft würdig zu erweisen, die ich ihr entgegenbringe, wenn ich den Weg in meinen Körper wieder finde und meine Hände und alle meine Sinne begierig auf neue Erfahrungen sind.

Bei jeder Rückkehr in mich selbst vergesse ich, was ich hinter mir gelassen habe, vergesse ich die Unordnung meines Körpers. Sie wieder zu sehen ist eine Qual, die die Freude, Flore zu gehören, nicht lindert. Meine versteckten Brüste verletzen die Erinnerung, die ich wieder gefunden habe.

Wie soll man der Frau, die man liebt, sagen, dass

man das, was sie an einem liebt, nicht liebt? Wie soll ich Flore la Passion sagen, dass der Halbgott, den sie verehrt, nur den Wunsch hat, ein Mann zu sein?

Er lässt mich nicht aus den Augen. Für ihn bin ich weiterhin gefährdet. Bin ich noch immer wie damals auf dem großen Trapez des Turngerüsts, als ich mich mit dem Kopf zuerst in die Leere fallen ließ. Seine Hand liegt noch immer auf meinem Schenkel. Ich kann fallen, da ich ja schon gefallen bin.

Er hat gesehen, dass mir die Brüste wieder Qualen bereiten. Er hat es an meiner schamhaft gebeugten Haltung gemerkt, an meinen eingezogenen Schultern wie zur Zeit der Spritzen und des Hosenrocks.

Mein Vater fährt mit mir ins Gebirge. In der Tasche habe ich das Schweizer Messer, das er mir nach meiner Entlassung aus dem Heim zurückgegeben hat. Er will mich in ein Dorf mitnehmen, in dem sich eine Künstlerkommune befindet. Édith, eine befreundete Pianistin, erwartet uns dort.

Sein Vorwand: Er will mich ablenken. In Wirklichkeit aber, da bin ich mir sicher, will er mir zeigen, was für ein Vater er ist, ein Freidenker, ein Mann, der an nichts Anstoß nimmt, erst recht nicht an seinem Sohn. Als ich bei unserer Ankunft sehe, wie wohl er sich unter all diesen zumeist homosexuellen Schwärmern fühlt, sage ich mir, dass ich in meinem Unglück noch Glück gehabt habe, ihn als Vater zu haben. Wer weiß, ob man mich in einer normaleren oder ängstlicheren Familie so selbstverständlich akzeptiert und vor allem geliebt hätte? ...

Man bereitet uns einen festlichen Empfang. Keine Bemerkung, kein schräger Blick auf mein irritierendes Äußeres, meine Augen, die ins Leere starren, weil mich seit Monaten ein Gedanke unablässig verfolgt.

Ich bemerke das schwarze Klavier nicht, das neben dem Kamin steht. Dieses Klavier weckt mich am nächsten Morgen. Ein seltsames Gefühl: Ich habe den Eindruck, dass ich selbst spiele. Édith sitzt am Klavier, aber ich spiele auf die gleiche ungewöhnliche Art von früher, an die ich mich nicht mehr erinnern kann, denn zwischen dem Klavier und mir ...

Ich bin so verwirrt, dass ich nicht höre, wie er hereinkommt: Mein Vater steht mit einer Tasse Kaffee in der Hand neben meinem Bett.

»Sie spielt gut, nicht?«

»Ja, sie spielt gut.«

»Findest du nicht, dass ...?«

»Ja, das finde ich auch.«

Wir verstehen uns, mein Vater und ich. Er ist feinfühlig genug, nichts hinzuzufügen ...

Ich sitze auf der Türschwelle in der Sonne und schließe die Augen. Als ich sie wieder öffne, stehen sie vor mir und betrachten mich: drei Halbwüchsige, drei Bengel, die sich gegenseitig mit dem Ellbogen anstoßen.

»Du kleines schwules Arschloch!« ruft der Älteste.

Dann machen sie sich davon.

Ich lächele. Ich wäre gern ein kleines schwules Arschloch ...

Das Ritual hat sich eingespielt: Wenn ich morgens mit geschlossenen Augen über meiner fixen Idee brüte, tauchen die Bengel auf, beschimpfen mich und rennen weg. Ich habe erfahren, dass es sich um junge Rowdys aus der benachbarten Stadt handelt, vor denen man hier große Angst hat. Sie sind unberechenbar, ziehen leicht das Messer.

Die Tage vergehen, die Beschimpfungen gehen weiter, sind aber immer weniger überzeugend, denn ich begnüge mich damit, meine Widersacher anzustarren, und brüte über meiner fixen Idee, die nichts mit ihnen zu tun hat. Eines Morgens, als den Rowdys nichts Besseres mehr einfällt, setzen sie sich neben mich auf die Türschwelle ...

Ich habe nicht oft die Gelegenheit, Kinder oder junge Leute zu treffen. Die hier sind eine explosive Mischung aus Harmlosigkeit und Aggressivität.

Ich spreche mit ihnen. Sie sprechen mit mir. Ich erzähle ihnen von meinem wild wuchernden Unkraut, sie von ihrem schlechten Gras. Ahnen sie mein Geheimnis? Ich gebe es nicht preis, und sie sind furchtbar neugierig. Ich merke sehr wohl, dass ich ihnen Angst mache und sie zugleich bezaubere. Alles, was mit mir zu tun hat, scheint sie zu faszinieren, so wie mich ihre gespielte Brutalität fasziniert.

Unser geheimes Einverständnis geht unzweifelhaft auf die unausgesprochenen Dinge zurück, die für sie wie für mich schmerzhaft sind. Und das Dorf profitiert davon: weniger Diebstähle, weniger Einbrüche. Die Rowdys kommen nicht so sehr, um sich zu nehmen, was sie nicht haben, sondern um zu teilen, was sie haben: das große Durcheinander in ihren Köpfen. Um es mit mir in der Sonne auf der Türschwelle zu teilen. Für mich ist es immer das Gleiche. In meinem Kopf geht alles durcheinander, ich schwanke zwischen Stolz und Scham, meiner großen Macht einerseits, dem katastrophalen Wirrwarr andererseits.

Flore hatte also Recht. Man sucht das Licht, das meine Worte und Gesten umgibt. Man sucht meine Helligkeit. Ich ziehe die Unglücklichen an, die Stiefkinder, die Hilflosen, die seelisch Verkümmerten. Ich ziehe sie unwillentlich an, ohne zu begreifen, warum und wie, denn eigentlich bin ich doch der Unglückliche, das Stiefkind, der Hilflose, der seelisch Verkümmerte.

Eines Morgens entscheidet sich alles. Ich setze mich nicht mehr mit geschlossenen Augen auf die Türschwelle in die Sonne. Jetzt ist Schluss mit den Rowdys, die wie blinde Falter von meiner Flamme angezogen werden, ich will nichts mehr von ihnen wissen. Will nichts mehr von meinem Geheimnis wissen, meiner Vollkommenheit, meiner angeblichen Perfektion, die mich in den Augen der anderen so strahlend und in meinen eigenen Augen so düster erscheinen lässt. Die Rowdys haben bewirkt, dass meine fixe Idee Gestalt annimmt, ich ihr eine Form geben kann. Sie kommt aus weiter Ferne, stammt aus einer Zeit, in der ich nicht mehr ganz ich selbst war …

Ich muss nach Paris zurück. Flore kann ich es sagen. Flore werde ich alles sagen. Die fixe Idee.

Édith hat sich ans Klavier gesetzt. Ich höre mich spielen.

»Du möchtest mir etwas sagen?«

»Ja. Etwas, das mir sehr wichtig ist.«

Diesen Satz habe ich schon einmal ausgesprochen, ich weiß nicht mehr wo noch wann, aber ich habe ihn ausgesprochen.

»Soll ich es für dich sagen?«

»Ja, gern.«

»Du möchtest, dass man dir die Brüste abnimmt.«

Sie weiß es. Sie hat es schon vor mir gewusst, sie, die auf meiner weißen Wand des Hauses mit vier Wänden ohne Fenster und ohne Tür liest, sie, der ich von den Giftspritzen, von der verlorenen Schlacht gegen Denise, den Qualen des Rocks erzählt habe, sie, die mich Tag und Nacht erlebt, mit dem Verbot der Nacktheit, dem Zwang zur Verheimlichung und dem tragischen Versteckspiel mit mir selbst, sie, die vor allem das nicht wieder sehen und erahnen darf, was sie am ersten Morgen unserer Begegnung in diesem Schlafzimmer einer Frau unter dem duftenden Laken erblickt hat, sie, die alles an mir liebt, auch den Wahnsinn.

Flore lächelt mir zu, schiebt das Laken zurück und zeigt sich ungezwungen in ihrer prachtvollen Nacktheit.

Das ist alles. Absolut alles. Ein Lächeln, nichts anderes, zur Antwort auf meine fixe Idee, auf meinen schon mit ihr geteilten Wunsch, denn ich weiß, was Flore verlieren wird, wenn ich bis zum Äußersten gehe, genau wie sie weiß, was ich dabei gewinne.

Gewinne, denn es handelt sich tatsächlich um einen Sieg für mich, wenn ich bis zum Äußersten gehe, einen Sieg über die Unordnung der Dinge.

»Wer ist Britannicus?« fragt Flore, während sie die Fensterläden öffnet.

»Britannicus ... Ich kenne nur einen, den Helden aus dem Racine-Drama, warum?«

»Weil du von einem Britannicus geträumt hast. Du hast seinen Namen genannt und schienst sehr wütend zu sein.«

Mein Traum aus der letzten Nacht fällt mir wieder ein. Ich bin siebzehn. An jenem Abend gehe ich zum ersten Mal in die Comédie Française. *Britannicus* steht auf dem Programm. Ich begleite eine Freundin, die nicht Geneviève ist, die ich aber sehr anziehend finde. Ich erinnere mich, dass ich viel Zeit damit verbracht habe, mich fertig zu machen. Ich trage einen schicken dunklen Hosenanzug, zu dem mir das Mädchen ein Kompliment macht. Dann bricht alles zusammen: Der Türhüter am Eingang des Theaters weist mich wegen meiner Hose zurück. Eine Frau in Hosen ist in der Comédie Française unvorstellbar, und ich bin eine Frau. Später kehre ich in einem Rock ins Theater zurück. Verkleidet sehe ich mir *Britannicus* an.

»Traum oder Erinnerung?« fragt Flore, die weiß, dass ich dazu neige, ganze Folgen tatsächlicher Erinnerungen aus meiner von langen Abwesenheiten zerrissenen Vergangenheit zu träumen.

»Erinnerung. Die Comédie Française, das war nicht leicht für mich ...«

Jetzt stehe auch ich auf, spüre sogar noch die ungezügelte Wut jenes Abends.

Ich ziehe mein Hemd im Badezimmer aus. Ein helles Hemd, das ich nachts trage und nie ablege, selbst wenn es sehr heiß ist, das Tarnhemd, in dem ich mich verkrieche, die Schultern krümme, um das verschwinden zu lassen, was mir nicht gehört.

Ich habe mich schon lange nicht mehr nackt angesehen, außer in den seltenen Augenblicken der Ekstase, der Vergötterung, in denen ich mich in meinem Wahn ohne Vorbehalt bewundere und an meine Vollkommenheit glaube.

Ich betrachte mich mit klarem Blick, trotz der neu erwachten Wut, die jedoch nicht mehr so ungezügelt ist.

Ich bin ein Monster. Ich bin vierzig und ein Monster. Ich habe nicht einmal mehr die Anmut der Jugend in dieser wild zusammengewürfelten Mischung, in der nichts zueinander passt.

Du musst schon viel Phantasie besitzen, Flore, oder auch ein bisschen verrückt sein, um das zu rühmen, was ich hier sehe, und etwas Wunderbares daran zu finden! Ich bin ein Monster, Flore, ein Monster, das zu altern beginnt.

Altern ist das einzig Normale, was diesem Körper jetzt noch widerfahren kann, es sei denn ... Es sei denn, ich gehe bis zum Äußersten und mache mit einem Schnitt der Sache ein Ende, hier!

Ich ergreife mit beiden Händen die Brustwarzen aus schlaffer Haut, die wie Geschwülste, wie taube Früchte dort hängen. Ich stelle mir das scharfe Messer vor, die beiden Früchte, die sich lösen. Mit dem Schweizer Messer meines Vaters hätte ich es tun können, hätte ich es getan, als ich im Heim war ... Heute bin ich ruhig. Geheilt von der Unvernunft? Nicht völlig, aber vernünftig genug, um zu wissen, dass es endlich so weit ist. Ich bin bereit.

Ohne Reue, Denise. Ohne Reue werde ich dich amputieren. Niemand kann mich mehr daran hindern. Schlaffe Denise, du Fremdkörper, du verdorbenes Samenkorn, ich opfere dich. Mein Körper ist es leid, dich so lange getragen zu haben. Protestier nicht. Sag nichts. Psst.

»Psst ...« Er hat es zu sich selbst gesagt, aber sie muss es wohl gehört haben.

Flore steht schweigend da und wartet, dass Paul zurückkommt. Sie versteht zu warten, wenn er von weit her, aus der Abwesenheit, zu sich selbst zurückkehrt.

Wie lange ist sie schon da, ohne sich zu rühren?

Wie lange hat er mit nacktem Oberkörper am Klavier gesessen? ...

Paul wendet sich langsam um.

Flore zuckt nicht mit der Wimper. Was sie erblickt, muss sie zutiefst bewegen, aber sie zuckt nicht mit der Wimper.

»Guten Tag, Paul.«

Dieses »guten Tag« ist nicht das übliche »guten Tag«. Genau wie sein Vater und zuvor Max heißt auch Flore ihn jetzt willkommen. Willkommen in der Ordnung der Dinge.

»Wie geht es dir?«

»Gut. Mir geht es gut. Ich bin ich selbst.«

»Tatsächlich, du krümmst nicht mehr die Schultern.«

»Hast du mir zugehört?« fragt Paul, der genau weiß, dass sie ihn zum ersten Mal am Klavier sieht.

»Ja, natürlich ... Was war das für ein Stück? Ein Musikstück für Kinder?«

Paul lächelt. Für Kinder, vielleicht … von einem Kind auf jeden Fall.

»Kann ich hier bleiben?«

»Ja.«

Flore legt sich aufs Sofa. Sie betrachtet ihren verstümmelten Halbgott, ihren Krieger, der siegreich aus einem Kampf gegen die Natur hervorgegangen ist, einem Kampf, vor dem Flore sich gefürchtet hat, denn die Natur ist grausam, wenn sie vom rechten Weg abkommt.

Den blassen Kopf der Sonne entgegengewandt, beginnt Paul wieder zu spielen. Er sucht nach einem Stück, das ihm nicht einfallen will. Er sucht nach seiner Sonatine.

Bald ist der Verband nicht mehr nötig. Die Wunde verheilt, die bläulich verfärbten Narben verblassen.

Nachdem Paul die Natur so verflucht hat, bewundert er nun ihre Hartnäckigkeit. Denn nun setzt sie mit der gleichen unerschütterlichen Ausdauer, die sie für die Unordnung aufgebracht hat, alles daran, die Sache möglichst schnell wieder in Ordnung zu bringen.

Paul hat die Brust eines Mannes.

Er wird nicht müde, sie zu entblößen, immer wieder die Verwunderung zu genießen. Das wohlige Gefühl, nackt unter Flores duftendem Laken zu liegen, hält ihn stundenlang wach, die Augen auf die Freude gerichtet, die Hand auf diese neue Brust gelegt, die er allmählich kennen lernt. Er genießt diesen glatten, flachen Oberkörper. Der Krieg ist zu Ende, der Krieg gegen ihn selbst. Und Paul hat ihn überlebt.

Er ist nicht mehr ständig auf der Hut. Nicht mehr misstrauisch. Sein Körper flößt ihm, auch wenn er noch immer unvollkommen ist, keine Angst mehr ein. Er entflieht ihm nicht mehr. Jetzt will er sich gern mit ihm anfreunden, von oben bis unten, von unten bis oben. Die Zeit ist reif für den Frieden. Für die Stunde der Beruhigung, der Versöhnung.

Die winzige Spalte, die Ritze, die Kerbe, das Knopfloch, der stumme Mädchenmund empört ihn nicht mehr. Es ist die Spalte eines kleinen Mädchens, nicht die der Frau, die er nie gewesen ist. Der Körper fügt sich zusammen. Diese plötzliche Ausgeglichenheit beruhigt sogar Pauls männliches Ungestüm. Im Laufe der folgenden Wochen bestätigt sich dieser Eindruck. Flore spürt, dass sich Paul von etwas löst, nicht von ihr, aber von der Notwendigkeit, etwas zu beweisen, vom heftigen Drang nach Sex.

Ein Mann zu sein ist nicht mehr seine Leidenschaft, sondern eine Tatsache. Die Gewissheit, ein Mann zu sein, denn zu dem ist er ja geworden, genügt fast, um seine Begierde zu stillen.

Er empfindet dieses erloschene Interesse nicht als Mangel, sondern eher als ein Gefühl harmonischer Erfüllung, das ihm immer öfter das kleine Mädchen in das ebenfalls von bläulich verfärbten Wunden und Narben erfüllte Gedächtnis bringt, das kleine Mädchen aus der Zeit vor den Brüsten, das kleine, von Musik begeisterte Mädchen mit der zu hohen Stirn.

Eines Nachts ruft er die Kleine im Schlaf. Er träumt davon, dass er ihr begegnet, mit ihr eins wird.

»Traum oder Erinnerung?« fragt Flore.

»Beides, glaube ich«, erwidert Paul.

Flore hat mit dieser Wiederbegegnung, nach der sie sich so gesehnt hat, schon gerechnet. Denn sie hat das kleine Mädchen, das sie selbst einmal war, vergessen und lernt es nun bei dem Mann, den sie liebt, wieder kennen. Kein kleines Mädchen steht ihr näher oder ist ihr vertrauter als das, das in Paul wiederkehrt und jeden Tag gegenwärtiger ist, ein wenig wie ein gemeinsames Kind, das Kind, das sie nie haben werden.

Die Kleine trennt sie und bringt sie zugleich in einem seltsamen Hin und Her von Liebe und Leidenschaft einander näher.

Paul lässt sich bereitwillig von dem kleinen Mädchen besuchen. Er wird von ihrem strahlenden Wesen erfasst und kann dadurch ermessen, was den normalen Menschen, die ihn umgeben, alles entgeht, weil sie zu einer Einheit verdammt sind, die letztlich sehr arm, sehr begrenzt ist.

Er bedauert diese Menschen. Er würde gern mit ihnen sein reiches Wissen teilen, seine aus der glücklichen Erfüllung entstandene Hellsicht, die er mit seinem Fall in das wuchernde Unkraut ganz hinten im verwilderten Garten so teuer bezahlt hat. Zu teuer? Natürlich, zu teuer. Ein maßloser Preis, ein monströser Preis. Monströs wie er. Aber der Krieg ist zu Ende. Die Zeit ist reif für den Frieden.

Und dennoch gibt es eine einzige Sache, die Paul, der geliebt worden ist und überschwänglich geliebt wird, als Mann zutiefst bedauert: Nie hat er die Ekstase der Liebe kennen gelernt. Paul träumt noch von dem großen Strahl, von dem Speer, von der glorreichen Lanze, die in den Himmel spritzt. Paul träumt immer noch von dem Unmöglichen. Paul träumt davon zu ejakulieren.

Kerzengerade, in einer Jacke aus schwarzem Tuch und einem Hemd mit hochgeschlossenem weißen Kragen öffnet Paul den Klavierdeckel. In dieses Haus – das Haus seines Vaters, der für eine Weile verreist ist – mit den Möbeln und Gegenständen aus seiner Kindheit kehrt Paul zurück, wenn er spielen will.

Und heute Abend will Paul spielen. Er hat Flore versprochen, dass er zu dem Abendessen bei Freunden nachkommt.

Wenn seine Mutter ihn jetzt sähe, elegant wie er ist, würde sie ihn lieben. Der Sohn fehlt ihr bestimmt, seit sie von der kleinen Mauer gesprungen ist. Er hätte sich gewünscht, dass sie ihn als Erste in der Ordnung der Dinge willkommen geheißen hätte, bei seiner zweiten Geburt, mit dem Kopf zuerst.

Heute Abend hat Paul das Bedürfnis nach Tönen. Nicht nur das Bedürfnis, Töne zu hören, sondern sie hervorzubringen. Das Bedürfnis ist stark. Er merkt es an seinen Händen, die schneller sind als sein Kopf und schon über die Tasten fliegen.

Der Wahnsinn hat Paul auch gelehrt, dass ihm die Hände manchmal nicht mehr gehören und dass der Kopf den Händen nicht folgen kann, wenn diese ein Messer halten oder von Taste zu Taste über ein

Klavier gleiten. Deshalb lässt er sie gewähren, lässt die Hände einfach gleiten.

Anfangs spürt er sie nicht, da er zu sehr damit beschäftigt ist, sich von seinen ungeduldigen Fingern leiten zu lassen, dann begreift er, dass er nicht mehr allein ist. Jemand ist zu ihm gekommen. Zwei andere Hände fliegen zwischen den seinen über die Tasten.

Diese impulsiven Hände, diese unruhigen Händchen, die nach gewichsten Pantinen riechen, hatte er erwartet, auf sie hatte er gehofft, denn sie wissen, was sie suchen. Sie erinnern sich noch an das unbezwingbare Bedürfnis, das sich steigert wie der Drang, Pipi zu machen, erinnern sich noch an die fertigen Töne, die schon im Kopf komponiert sind.

Jetzt, da sich das kleine Mädchen mit Paul am Klavier einfindet, findet er zu sich selbst zurück. Die vier Hände spielen sich aufeinander ein.

Takt für Takt taucht die verloren geglaubte Musik aus den Tiefen der Erinnerung wieder auf. Er überlässt sich ihr, so wie er sich dem vergessenen Gefühl seines Mädchenkörpers überlässt, dem Körper eines Mädchens mit zu hoher Stirn, eines Mädchens aus hartem Holz, das auf seiner kleinen Spalte auf demselben Hocker sitzt.

Takt für Takt kehrt die Musik wieder. Eine Mutter im Mantel mit einer Milchkanne in der Hand ist auf der Türschwelle stehen geblieben, um dieser Musik, wie sie noch keine Mutter von einem kleinen Mädchen gehört hat, zu lauschen.

Paul lässt kommen, was kommen soll.

Endlich bricht die Sonatine aus seinen vier Händen hervor, glorreich. Wie eine Lanze.

Wie eine Lanze? Psst.

Weitere Titel von Noëlle Châtelet bei Kiepenheuer & Witsch

Die Dame in Blau
Roman
KiWi 531

Die Klatschmohnfrau
Roman
KiWi 615

Das Sonnenblumenmädchen
Roman
KiWi 646